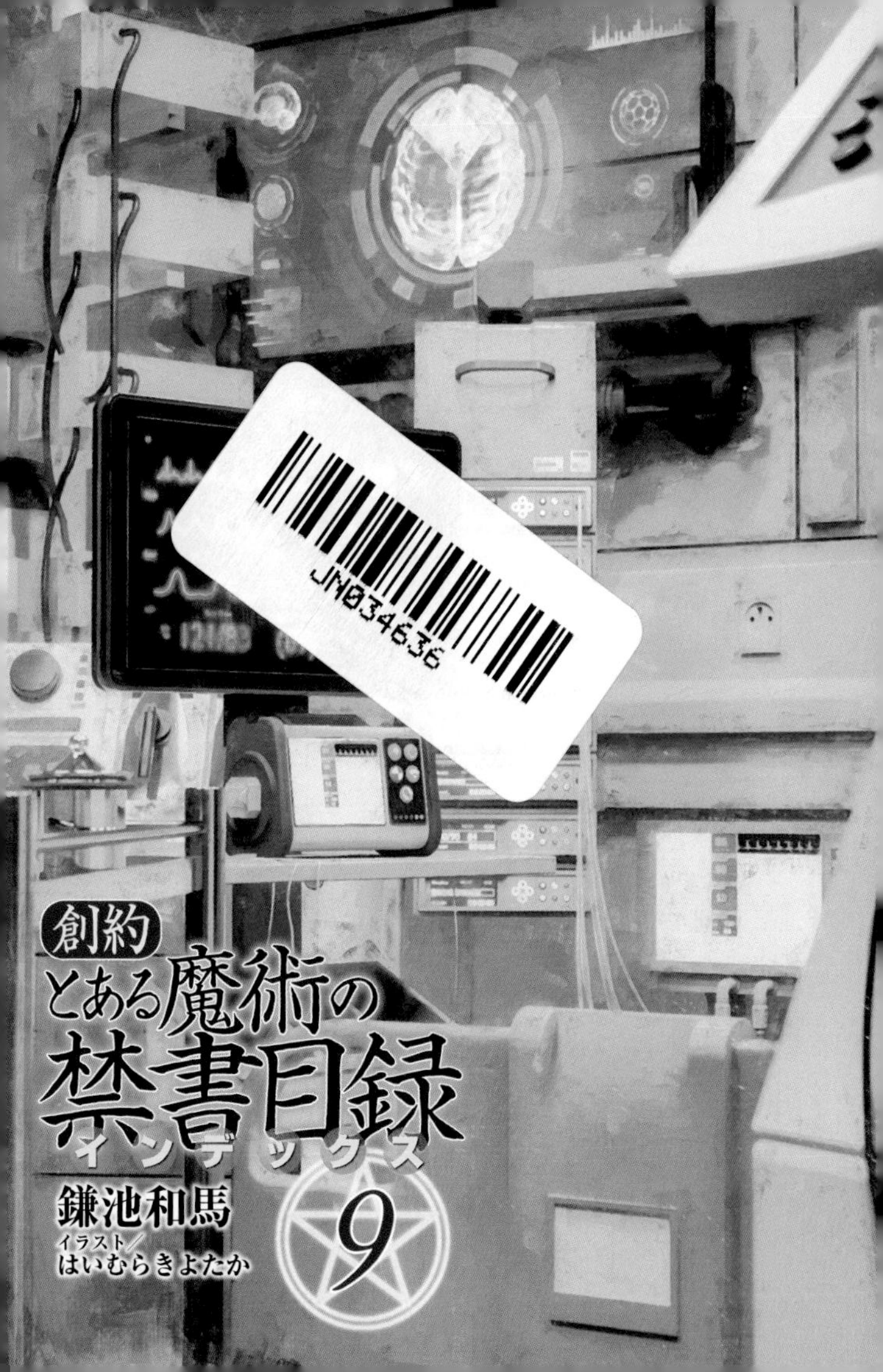

創約 とある魔術の禁書目録《インデックス》

9

鎌池和馬

イラスト／はいむらきよたか

CONTENTS

「くくっ、さあてここからどうするのかえ？」

『橋架結社』の儀式によって再誕した伝説の人物。徹底的に情念を追求する暴君。

クリスチャン＝ローゼンクロイツ

Designed by Hirokazu Watanabe (2725)

創約

とある魔術の禁書目録

インデックス

9

鎌池和馬

イラスト・はいむらきよたか

デザイン・渡邉宏一(2725 Inc.)

序章　頂点の削り合い　Zenith_of_the_Magic.

そもそも始まりからして異常事態の中だった。

『暗部《あんぶ》』なる世界に呑《の》まれた上条当麻《かみじょうとうま》は、アリス＝アナザーバイブルの手助けなしに生きて抜け出す事は絶対にできなかっただろう。

『魔神《まじん》』とはまた異なる力を持った『超絶者《ちょうぜつしゃ》』。

そしてその集まりである『橋架結社《はしかけけっしゃ》』の名前を初めて耳にした時には、すでに東京の中心地渋谷《しぶや》が危うく壊滅するところにまで追い込まれた。

ボロニイサキュバスにアラディア。両者の衝突はもはや人のもたらす災害、人災の領域にまで足を突っ込んでいた。

『橋架結社《はしかけけっしや》』はその強大な力に反して自らの存在を決して隠そうとはしなかった。何しろ学園都市《がくえんとし》の内側に突如として領事館を築いてしまうほどだったのだから。『旧《ふる》き善《よ》きマリア』とH・T・トリスメギストス。『超絶者《ちようぜつしや》』同士の衝突と、それすらはるかに超えたところにあるアリス＝アナザーバイブルの懲罰。上条《かみじよう》はアリスの暴走を食い止めるために戦い、そして袂《たもと》を分かつ。

そして『橋架結社《はしかけけっしや》』は総出で裏切り者アンナ＝シュプレンゲルの処刑に走った。用意されたのはアリスの力の一部を貸与された投《な》げ槍《やり》『矮小液体《わいしようえきたい》』。派遣されたのは処罰専門の『超絶者《ちようぜつしや》』ムト＝テーベ。

ムト＝テーベはかろうじて撃破したものの、『矮小液体《わいしようえきたい》』はアンナ＝シュプレンゲルに直撃してしまった。『旧《ふる》き善《よ》きマリア』の『復活』さえ彼女を救う事はできない。

最終手段は一つ。

『矮小液体《わいしようえきたい》』へ力を注いだアリス自身の手で解除してもらうしかない。

しかしこの時。再誕したＣＲＣ、クリスチャン＝ローゼンクロイツはアリス＝アナザーバイブルを一撃で殺害していた。

夜と月を支配する魔女達の女神アラディアと共に、死亡確定となったアンナ＝シュプレンゲルを連れてアリスの元に向かう上条当麻《かみじょうとうま》はまだ、楽観の果てに見る真っ黒な絶望を知らない。

「なるほどのう」

銀の髪と同色のひげに彩《いろど》られた赤衣の青年、クリスチャン＝ローゼンクロイツの手の中で何かが光を跳ね返した。

それは一枚の透明なカードだった。常にピースの形や数が変動していく、水晶でできた世界地図のジグソーパズルだ。

CRCの伝説など星の数ほど散らばっているが、その中の一つにこんなものがある。

いわく、ローゼンクロイツは世界の完全な縮小模型を完成させ、小さな箱庭の中であらゆる現象を精密に再現する事により、この世界の過去現在未来に関する全ての事柄を手元にまとめた、と。

「よもや、この老骨の見ておらぬ所でそんな枝葉の事象が展開されておったとは。くくっ。さすれば当然、因果の糸は未《いま》だ相見《あいまみ》えぬ人間との奇縁をも紡《つむ》ぎ始《はじ》めたと考えるべきかの」

言うだけ言うと、ローゼンクロイツは絶大な水晶の世界地図を肩越しにあっさり後ろに放り捨てた。彼は、このレベルの霊装《れいそう》であっても興味がなければ躊躇《ちゅうちょ》なく放棄する。

そうしながらも、しかし、決して銀の青年はのんびり構えている訳でもなかった。

音を切断していた。

光が彼の元まで届かないだけだ。

中指。

一言すらなかった。

アンナ＝キングスフォードは口元に開いた掌《てのひら》を当て、その中指の先に軽く息を吹きかけるのみ。

轟《ごう》‼　と。

たったそれだけで火炎放射器を軽く凌駕《りようが》する大火が吹き荒れた。しかもそれはただの炎ではない、地脈の力を貪り空間そのものから活力を奪い去る、まさしく命を奪うために振るわれる圧倒的な光と熱の塊だ。これを単に複合装甲や特殊繊維で凌《しの》ごうなどと考えれば、秒と保《も》たずにその者は干からびて燃え尽きる事だろう。

ベージュ修道服のアレイスターとゴールデンレトリバーの木原脳幹《きはらのうかん》は迂闊《うかつ》に近づく事もできない。

だがクリスチャン＝ローゼンクロイツには届かない。

人差し指の水、親指の見えざるエーテルと次々に属性を切り替えても、銀の青年の眼前でねじれてあらぬ空間を削《そ》ぎ落《お》とすに留《とど》まるだけ。

しかしかの女性もまた怯《ひる》まなかった。

アリス＝アナザーバイブルは死んだ。

本当に死んだ。

放っておけば、こうした悲劇は今ある世界の隅々にまで及ぶ。

絶対にそうなる。

クリスチャン＝ローゼンクロイツの暴虐をこれ以上この世界に広める訳にはいかない。

必要なのは拒絶ではなく覚悟。未知の現象や存在を前にして恐怖するのは良《い》い、だが立ちすくんでもそこに勝機はない事を達人は熟知しているのだ。

正しくは、恐怖から有用な学びに転化できなければ魔術師とは呼べない。

「七つの側壁に守られし聖域、その中心で眠るのがこの老骨ぞ。本気でこの壁を切り崩したくばざっと一二〇年ほど不断の努力を続けてみる事じゃな」

「まさか」

「くくっ。やはり言葉で翻弄されるほど初々《ういうい》しくはないかえ？」

銀の顎ひげに触れ、ＣＲＣが低く嗤《わら》う。

魔術の実践において、必殺技などわざわざ叫んで何になる？

自らの手の内を解説して何が得られるというのだ？

自分で自分に言い聞かせて一つ一つの手順を間違えないよう確認していく以外に実用的なメリットはない。精神面まで幅を広げたところで、せいぜい自分を鼓舞して震えを断ち切るくらいか。そして達人ともなればそんな作業を挟む必要などどこにもない。

アレイスター＝クロウリーには。

そんな達人と達人の所業を見ている事しかできなかった。

傍《かたわ》らでゴールデンレトリバーの木原脳幹《きはらのうかん》が人語で何か叫んできていたが、あまりにも遠い。いいや、そちらに意識を割いているだけの余裕がない。

このレベルの魔術師をもってしても、介入の余地を見つけられなかったのだ。いいや、あまりの緊張で意識を手放し、そのまま後ろに倒れなかっただけでもアレイスターはまだまだ健闘している方だと褒められるべきである。

真の達人は大仰な霊装《れいそう》も限られた聖地も必要としない。

というより、そうだったらどんなに簡単だっただろう。道具を奪って土地から追い出せばそれだけで奥義《おうぎ》を止められるというのだから。もしその程度の難易度であれば『ブライスロードの戦い』を単独で制したアレイスターは、どんな搦《から》め手《て》を使ってでも相手の武器や利点を削《そ》いで無力化し、一言もなく撃破したはずだ。

ところがそのような弱点など、達人と達人には存在しない。

ただの呼吸。

ただの指先。

ただの仕草。

そんな基本が極限まで突き詰められた時、魔術師はただ己の体一つで世界を両断するほどの奇跡を起こす。そもそもカバラにおいて小さな人体と大きな世界は全て対応しているのだ。人体の外にある道具にすがって術式を完成させるなど、そちらの方がよほど邪道と言える。

分かる。

理屈では。

しかしそれは、人の頭でビッグバンの理屈が分かれば人の手でビッグバンを起こせるだろう、と同じレベルの暴論でしかない。

そしてそいつを現実にやってしまっているのが、この二人なのだ。

魔術とは、ここまでやらなければそうとは呼べない代物だったのか？

人間とは、ここまでやらかしてしまっても許される存在だったのか？

「いや楽しい。本質がまやかしと知りながら、まさかここまで真正直に研鑽《けんさん》を続けてきた者がいようとは。自分で自分が馬鹿馬鹿しくは思わなかったのかね？」

「……七人ノ弟子ト共ニ『聖霊《せいれい》の家《いえ》』ヲ構築した頃ノあなたハそんな風では×《なか》った筈《はず》デござい

〼《ます》わ。他者ヲ敬い平等ニ扱う気持ちハ何処《どこ》へやったノですか、ＣＲＣ？」

「純度が落ちたぞ達人とやら。それこそ無駄な会話じゃな」

ＣＲＣは片手で何かを揺する仕草をした。

その手にはガラスの瓶も毒々しい液体もないが、そんな事は一切構わない。

ただ現象が発生した。

「……其《そ》は黄色の象徴、あらゆる人が夢の中に求める四つの作業の一角なり。腐敗の先にある変化の兆《きざ》しを象徴する汝《なんじ》の役割は」

「直線ヲ一本」

「きひひっ。最後まで言わせろよ！　すなわち『発酵』。ただ腐らせて終わらせるのではなく死体にそれ以上の意味を持たせる善なる変化と暴力なり!!　外界へと表出しろキトリニタス、四つの作業、永劫《えいごう》に行い一点へ尖《とが》っていくその一色よ!!!!!!」

どばっ!!　と。

噴き出るは大量の砂。かつてロサンゼルスという巨大都市を丸ごと呑《の》み込《こ》んだ極悪な凶器は、固体という性質を忘れてまるで粘ついた強酸を噴射したようにキングスフォードへ迫る。

これに対して、すでに知の大女神は必要な作業を終えていた。

宣言通り右足を動かして地面に一本横線を引いただけ。

たったそれだけで数百トンを超える砂のブレスを鮮やかに切断し、無に帰す。

複雑で難解な魔法陣は、その実、ろくに記述の整理もできていない手作りアプリのスクリプトと同じだ。細かくたくさん書き込んであるからすごいのではなく、一つの術式を起動するのにこんなごちゃごちゃ書き込まなくてはならないのかと蔑むべき。本来、線の一本、丸や三角といった基本の記号にすら魔術の真髄はある。その意味を正しく理解し十分に効能を引き出せれば、たった一本のラインすら世界を彼と我に切り分け己の命を救う奥の手に化ける。

「◎《しん》ノ達人ニ言葉等《など》×《ふ》要。……遊んでいるのでござい⧄《ます》か、CRC?」

「それは当然。魔術など所詮はまやかしの学問、子供騙《こどもだま》しとは束《つか》の間《ま》の慰みに用いる以外に使い道のない代物じゃ。くくっ。真面目な顔してこんなものを振るうておる嬢ちゃんが一番面白いぞ、薔薇《ばら》の末?」

銀の顎ひげに触れ、肩を揺すって笑うローゼンクロイツは、それだけ見れば三六〇度どこから攻撃しても簡単にクリーンヒットになりそうに見える。

だが誘われて考えなしに一撃を放てばどうなるかを、もう一人の達人もまた熟知している。

しかもそこに留《とど》まらなかった。

同格の脅威を見据えているだけではダメだった。

「……そしてこの老骨、すでにままごとなら終わらせておるぞ」

「?」

長々としたご高説はフェイク。

その間に何か別の術式をこっそり仕込み、紛れ込ませていた。

アンナ＝キングスフォードの予測は間違っていなかった。

クリスチャン＝ローゼンクロイツは変わらず無駄に大仰な言い回しでこう吹いたのだ。

笑いながら。


「起きよ、アヽ、ヽ、ヽ、アリス＝アナザーバヽイヽブヽルヽ。骸《むくろ》といえど未《いま》だ現世に形を残す肉の器でもって、かの者もまた冥府へ引きずり込むがよいわ」


ぞぶり!! という嫌な音があった。

肉と骨を無理矢理に断ち切る生々しい音。アンナ＝キングスフォードは自分の首の横から、耳というより骨を伝って聞こえてくるその音色を聴覚で捉えて顔をしかめた。

ロマンを愛するゴールデンレトリバーが忌々《いまいま》しげに吼《ほ》えた。

『貴様っ、自分が殺した死者へさらに鞭打《むちう》つ行いを!!』

鉄錆《てつさ》びの匂いはキングスフォード自身のものだろう。

頭部を丸ごとなくしたアリス＝アナザーバイブル。その幼い五指がキングスフォードの頸動《けいどう》脈《みゃく》まで抉《えぐ》り込《こ》み、強引に引き千切ったのだ。

「くっ。たかが死んだくらいで意識の外へやってはならぬ」

銀の青年は笑っていた。

「嬢ちゃんとて『薔薇《ばら》』とわずかばかりでも関わりながら、よもやあらゆる死病を克服し寿命そのものすら操作する赤き秘薬の製造法を忘れたかえ？」

「っ!!」

腕の一振りで哀れな人形をほどく。ろくな抵抗はなかった。それこそ捨てられたオモチャのように、アリスの死体は冷たい地面に投げ出されて動かない。全ては何かの間違い。冷たい肉塊に可能性などなく、元より素直に死んでいる方が正しかったとでも言わんばかりに。

だがぐらりと傾《かし》いだキングスフォードの体が元の位置に戻らない。

あるいは胴体ではなく、首だけが異様な角度に傾いているのか。

視界の右半分も真っ赤に染まっていた。

キングスフォードは反射的に傷口を手で押さえようとして、異様な感触を掌《てのひら》に得る。人間らしからぬゴツゴツした硬い手触りの正体は、おそらく己の首の骨だ。

今の一撃は致命的だった。

体一つであらゆる術式を実行するという事は、逆に言えば物理的なダメージによっては大幅な制限がかかるという意味でもある。

正面から、クリスチャン＝ローゼンクロイツが一歩迫った。

全ては予定の通り。

……ではなかったようで、悪《あ》しき達人の口から出たのは疑問だった。

「何故《なぜ》、その顔から余裕が消えぬ？」

「分かり〼《ませ》×か、ＣＲＣ」

押さえた手が真っ赤に染まり、指の隙間からびゅうびゅうと血を噴きながらも、青い顔をしたままアンナ＝キングスフォードは笑っていた。

いつの間にか、笑みの持ち主が逆転していた。

「……己ハ所詮永久遺体ニ手ヲ加えて自由ニ動き回るだけノ存在でしてよ。すでニ最初《からし》～×んでいるノですわ。何ヲ今さら怖がる事ガあり〼《まし》よう？　◎《しん》ニ恐れるべきハ、何モ残せ×《ず》彼らヲ置いて世ヲ立ち去る事。×《ですが》どうやら其《それ》モ、己ノ杞憂《きゆう》ニ過ぎ×《なか》ったようデござい〼《ます》」

「……、」

「己ノつまら××《ないし》ニよって、覚醒《めざ》める者達ガいる。きっかけトなり何かヲ一つでも残せるならば、この勝負、×～◎《むからゆう》ヲ生んだ己ノ勝ちデござい〼《ます》わ。ＣＲＣ」

それ以上はなかった。

舌打ちと共に銀の青年の五指が横に振るわれ、知の大女神の胴体が二つに千切れた。

最期《さいご》に彼女は言った。

儚《はかな》く笑って。

しかし躊躇《ちゅうちょ》なく。

「……世界ト其処《そこ》ニ住む人ヲ頼み〼《まし》たよ、クロウリー。いつか達人トなる弟子ノ弟子」

そして、だ。

この最悪も最悪を極めたタイミングで、それを目撃したのはアレイスター一人ではなかった。

そう、アンナ＝キングスフォードは確かに言ったではないか。

覚醒《めざ》める者『達』がいる、と。

「……、」

ツンツン頭の高校生は呼吸を忘れていた。

左手で掴《つか》んだままの投げ槍《なげやり》『矮小液体《わいしようえきたい》』が力なく揺れていた。

上条当麻《かみじようとうま》もまた、最期《さいご》の瞬間に立ち会っていた。限界まで見開かれた目で全てを見ていた。頭部を握り潰されて転がっているアリス＝アナザーバイブルに、上半身と下半身が千切れて吹っ飛ばされた謎の女性。

血と、死滅と、破壊痕しかなかった。

五感が惑乱する。上条当麻《かみじようとうま》は前提の情報を呑《の》み込《こ》めなくなる。土台がないので現実の風景も受け入れられない。傍《かたわ》らにいるアラディアが抱えているのは小さな悪女。アンナ＝シュプレンゲルは『超絶者《ちょうぜつしゃ》』特化の霊装《れいそう》『矮小液体《わいしょうえきたい》』が直撃しているのだ。すでに死亡するのは確定で、唯一、そのレールから脱線させられるのが『矮小液体《わいしょうえきたい》』に自分の力を注いだアリスだけだった。彼女だけがアンナ＝シュプレンゲルを助ける事ができたはずだったのだ。

その。

アリス＝アナザーバイブルはもういない。

だとすればどうなる？

ヤツが上条《かみじょう》の方を見た。両の瞳をありえないほど爛々《らんらん》と輝かせ、ヤツは笑って言った。

「くくっ、さあてここからどうするのかえ？」

「あ。アア」

たった一つの悪意から、全てが瓦解《がかい》していく。

アリスのあの屈託のない笑顔は二度と見られない。

最後に袂《たもと》を分かった時の、あの涙がノイズまみれで脳裏に浮かぶ。

上条《かみじょう》には謝る事さえできない。

そして。

それじゃあ、アンナ＝シュプレンゲルも、助けられない……？

「ああああああ‼　アアアアアああアアアああああああああああああああ

ああ!!!!!!」

叫び、頭の中が弾《はじ》け飛《と》んでいた。

アラディアの声がかなり遠くから聞こえた気がした。こちらを制止するようなニュアンスがあったような気もする。

どうしてそんな行動に出たのか、おそらく上条当麻《かみじょうとうま》自身《じしん》にも理解できていなかった。

飛びかかっていた。

そして銀の青年は手の甲で払うようにして上条《かみじょう》の左手にあった投《な》げ槍《やり》『矮小液体《わいしょうえきたい》』をあっさり砕く。構わず少年は歯を食いしばって右拳を自分で砕きかねないほどに強く握り締める。

互いの吐息がかかるほどの至近距離で、だ。

クリスチャン＝ローゼンクロイツは囁《ささや》いた。

青年は確かに笑っていた。

銀の顎ひげから指先がそっと離れた。

「この程度、か」

ひしゃげて吹っ飛ばされた。

自分の体がどうなったのか、上条《かみじょう》自身《じしん》には判別すらできなかった。

ぐしゃぐしゃになった視界の中で、だ。

原因不明の耳鳴りがひどいのに、その声だけがいやに鮮明に脳まで届いた。

「さあて、それじゃひとまず神装術に深入りしすぎた群れ、すなわち『超絶者《ちょうぜつしゃ》』の連中は全て皆殺しにするかのう」

呑気《のんき》な一言だった。

ただし出てきたのは恐るべき死刑宣告。

胸の内では自分自身の声がある。何のために？　対する自答はもちろんこうだった。

己の顎ひげを細い指先で弄び、赤衣と銀の青年は宣告した。

「退屈しのぎに理由などあるかえ？　……これは、こんな景色の濁ったつまらぬ世界にこの老骨を招いた罰じゃ。くだらぬ命でもってこの老骨の無聊《ぶりょう》を慰める事。これ以上の挽回《ばんかい》などあるかのう、『超絶者《ちょうぜつしゃ》』の諸君？」

第一章　スタンスを決めろ　Right_or_Wicked.

1

意識はあったが視界がなかった。
ぬるま湯の中で浮いているような感覚に近かった。
ややあって、痛みの感覚もなくしている事にも自覚が追い着いた。
最初に上条当麻の意識を刺激したのは、聴覚だった。

『……、足りない　？　レナリン……さらに　ミリ追加……』

どこか他人事《ひとごと》のように上条《かみじょう》はそれを聞いていた。
自分の体に何かが注入されていくというのに。
あるいは、当たり前の危機感に実感を持てない方が切迫しているのかもしれない。

自分は今どうなっているんだろう？

ぼんやりと、そして小さな疑問が生まれた時だった。

何かがあった。

それは痛みの感覚だった。散り散りのノイズが一斉に胸の真ん中へと殺到してきた。

感覚の爆発。

つまり現実が襲いかかってきた。


『カウンターショック!!　これで三度目だよ？　いい加減にッ目を覚ませ!!』


バグンっ!!　と。

上条当麻《かみじょうとうま》の胸の真ん中に激しい痛みがあり、背骨全体が弓なりに大きくしなった。

（がっ……は……？）

口を大きく開閉させるが、満足に酸素が入ってこない。

目を白黒させる上条《かみじょう》の中で様々な色の光が乱舞し、そしてようやく像を結ぶ。天井の不自然なくらい清潔な白と、消毒薬の独特の匂いが一気に押し寄せてきた。あまりの情報量に胃袋がひっくり返り、危うく上条《かみじょう》は嘔吐《おうと》しそうになる。

プラスチックの硬いマスクが口と鼻を覆っていた。

マスクの中で吐いたら自分に全部返ってくる。上条当麻《かみじょうとうま》は呼吸困難に陥りながらも、渾身《こんしん》の力を込めて吐き気を抑え込む。

目尻から涙が浮かぶが、そこで上条《かみじょう》は気づく。

……つまり体面を気にするだけの余裕が出てきた、のか？

「……う……」

単調な機械音があった。

それも一つではない。いくつもの音に取り囲まれている。

一気に上条当麻《かみじょうとうま》の意識が覚醒した。

「っ‼　アンナは⁉　アンナ＝シュプレンゲルはどうなった‼⁉⁇」

ベッドから飛び起きて、近くにいた人に誰でも良《い》いから掴《つか》みかかろうとして、そこで急激に全身を引っ張られた。誰かが取り押さえた訳ではない。点滴や輸血のチューブに心電図の電気コード、様々な線が上条《かみじょう》の体に繋《つな》がっていただけだ。背中から再びベッドに落ちた途端に警告音が連続したのは、いくつかの針や電極が外れてしまったからか。

ようやく追い着いてきた全身の痛みなんてどうでも良かった。

若い看護師さんが慌てて駆けつけてきて、そこでビクッと動きを止めた。外れた点滴の針を元の位置に戻す……つもりなのだろうが、青い顔でこっちを見たまま両手の指が中途半端《ちゅうとはんぱ》な空中でさまよっている。この体が今どうなってんだか知らないが医療の専門家さんは患者を見ながらあんまり痛々しそうな表情をしないでいただきたい。メッチャビビるじゃないか。

そこまで考えて、上条《かみじょう》は眉をひそめた。

看護師さん？　医療の専門家？？？

『やれやれ。そこは普通、ここはどこかとか、自分はどうなったのかとか、そういう質問から飛んでくるものだと思うんだけどね？』

聞き慣れた声があった。

カエル顔の医者だった。ただし本人は目の前にいない。声はスタンドライトみたいなアームで固定されたタブレット端末からだった。

ちょっと待て。

生きるか死ぬかの超デリケートな心肺蘇生処置《しんぱいそせいしょち》、つまりリモートでやっていたのか⁉

『自分の病院にいる時くらい直接会って話をしたいんだけど、生憎《あいにく》と手が放せなくてね？　まったく新年のおめでたい時期だっていうのに急患が多すぎるよ、あるいは新年だからかもしれないけどさ？　そんな訳でリモート問診になるけど構わないかな？』

「……病院、だったのか。ここ」

いつもの病院。

だとすると東の果てにある第一二学区から中央付近の第七学区まで運ばれたのか。

自分で呟《つぶや》いて、上条《かみじょう》は周囲を見回す。『いつもの』病室ではなく透明な壁で仕切られた集中治療室のようだ。つまり今の今までそれだけ予断を許さない状況だったのだろう。

すでに違和感があった。

予断を許さない？　そんな半端《はんぱ》な状態で放置された理由は？？？

何故《なぜ》、あの状況から病院に辿《たど》り着《つ》けたのだろう？　クリスチャン＝ローゼンクロイツ。アリスや謎の女性魔術師など、すでに眼前で二人殺されていた。それもあるいは頭を潰され、あるいは胴体を切断された、この上なく凄惨な状態で。

上条《かみじょう》の脳裏に、悪《あ》しき声が蘇《よみがえ》る。

『さあて、それじゃひとまず神装術に深入りしすぎた群れ、すなわち「超絶者《ちょうぜつしゃ》」の連中は全て皆殺しにするかのう』

クリスチャン＝ローゼンクロイツは己のゲームのために『超絶者《ちょうぜつしゃ》』を殺す。本当に『死』をばら撒《ま》く。しかも上条《かみじょう》以外の人達に向けて。

『退屈しのぎに理由などあるかえ？　……これは、こんな景色の濁ったつまらぬ世界にこの老骨を招いた罰じゃ。そのくだらぬ命でもってこの老骨の無聊《ぶりょう》を慰める事。これ以上の挽回《ばんかい》などあるかのう、「超絶者《ちょうぜつしゃ》」の諸君？』

あの場に居合わせておいて、今さら上条《かみじょう》一人見逃される理由がむしろ一個も見つからない。

一瞬、魔女達の女神アラディアの存在が頭に浮かぶが、

「違うわよ」

壁に背中を預ける彼女本人が否定した。

ＣＲＣのゲーム、『超絶者《ちょうぜつしゃ》』遊猟。その明確な標的にされてしまった一人が。

「わたくしには、助ける暇もなかった」

だとすると、他に考えられるのは。

上条《かみじょう》には一人だけ心当たりがあった。確かあの場にいたはずだ。

「アレイスター、、、か？」

しかし見たところ、ベージュ修道服の女性はいない。カエル顔の医者は肩をすくめただけだった。あるいは、詳細を知る者などどこの世に存在しないのかも。ローゼンクロイツを振り切って上条達《かみじょうたち》を第七学区の病院まで運んだ後、ヤツはヤツで独自行動をしているのだろうか？

『まああの「人間」は人の善性を信じない一方で目の前の悲劇は放っておけない困った性格の子だからね？　何があったか知らないけど、目の前で倒れている人達を放っておく訳にもいかなかったんだろうさ？』

「っ、やっぱりアンナはこの病院にいるのか⁉　どこに‼」

『そこにいるけど？』

薄っぺらな液晶モニタ越しに、カエル顔の医者は本当にすぐそこを指差した。

上条当麻《かみじょうとうま》は己の首が千切れるほどに強く振り返って。

絶句した。

声が、出なかった。

「…………………………………………………………」

「…………………………………………………………」

ＩＣＵ、つまり集中治療室は病院にいる患者の中でも特に危険な状態で、医者が片時も目を離せないような重篤患者にあてがわれる特殊な空間だ。風邪を引いて熱っぽくなったり、虫歯が痛くて病院に向かった程度ではまずお世話になる事はない。

普通の高校生にとってはそんな所に入るだけでも異質な経験だし、ましてや同じＩＣＵの中でもさらにトリアージで優先順位が分けられている事など上条《かみじょう》は今日まで知らなかった。

分厚いガラス、いいや透明な樹脂の壁を挟んだ向かい。

そこにあるのは機械だった。口元を覆う透明で硬質な酸素マスク、点滅する発光ダイオードの群れ、ぐるりと取り囲む大小様々な液晶モニタ、赤や黄色の液体を通す大量のチューブや濡《ぬ》れた髪束のようにのたくる電気コード。中でも、機械的に伸縮を繰り返すポンプ類が気になった。一つではない。たくさんある。

あれは、何だ？

こんなにも小さかったのか？

科学も魔術も問わず全世界を嘲笑し引《ひ》っ掻《か》き回《まわ》した、あのアンナ＝シュプレンゲルなのか。

気配も、存在感も、ぬくもりも、人間らしさが存在しなかった。大量の機械の中に埋もれているモノは、美しい剝製だと言われてしまえばそのまま信じてしまいそうなくらいに。

『法医学的には脳死の状態ではない。だから各種医療機器に繫《つな》いではいるけどね？』

モニタ越しのカエル顔の医者は上条《かみじょう》と同じものを見て言った。

多分、ちっぽけな少年なんかよりも多くの事実を的確に押さえながら。

『……実質的に、医療機器を使わなければ呼吸も鼓動もキープできない状態だ。一度生命維持装置をつけると、本人か親族の同意がなければ外せない制度なのはかえって幸いしたかもね？』

「……、」

『死んでいる状態の方が正しい、という肉体だね？　彼女には一体何があったんだい？　目立った外傷もなければ感電や毒物の反応もないようだけど？』

『矮小液体《わいしょうえきたい》』。

アリス＝アナザーバイブルの力の一部が封入された、『超絶者《ちょうぜつしゃ》』の力を奪って確実に殺すためだけに作られたいびつな霊装《れいそう》。

ここまでか。

こんなにも完璧に成し遂げてしまうのか。

（そのアリスも……もういない……）

何かしら凄《すさ》まじい力で圧搾《あっさく》されたのか、頭部を丸ごと失って冷たい路上に転がっていた、小さな亡骸《なきがら》を思い出す。

一度に色々とあり過ぎて、感情を整理できない。

あのアリスが敗北するところなど、結果を見ても信じられないという気持ちもある。

（だけど、アリスがいなくなっても、その力がなくなる訳じゃなかった……）

アンナ＝シュプレンゲルは心臓も呼吸も止めてしまった。力を貸していたはずのアリス＝アナザーバイブルが死んでもアンナが息を吹き返さない以上、『力』とは本人から切り離して蓄えられる類のものだったのか。例えばコンセントからバッテリーに充電するような格好で。

アリスはもういない。

アンナを助けられるのはアリスだけだった。

今のままでは、負のスパイラルばかりだ。不幸中の幸い、せめてもの抵抗、そんなものは一切なく、一つの破滅から連鎖的に全てが失われていく。

もう止められないのか。ここは終わってしまった世界なのか。

「……悪いけど、黄昏《たそが》れている場合でもないわよ」

冷たい壁に背中を預け、夜と月を支配する魔女達の女神アラディアがそう呟《つぶや》いた。

「クリスチャン＝ローゼンクロイツは野放し。貴方《あなた》がどんな選択をするにせよ、それとは関係なくヤツはこのままだったら病院までやってくるわ」

「……、」

『超絶者《ちようぜつしや》』はみんな殺すと、クリスチャン＝ローゼンクロイツは気軽に言っていた。

アラディアも、ボロニイサキュバスも、そして自分では呼吸もできなくなっているアンナ＝シュプレンゲルでさえも、例外なく。

かといって、『超絶者《ちようぜつしや》』じゃないから上条《かみじよう》は殺さない、などと言う存在ではないだろう。

アレはそんなに聞き分けの良《い》い怪物じゃない。クリスチャン＝ローゼンクロイツ。目についたものを片っ端から貪って愉悦に浸る、そういう極大のケダモノだ。

2

アレイスター＝クロウリーは大空を飛んだり壁をすり抜けたりはしない。

とある少年を預ける事だけ済ませた『人間』は、旧知であるカエル顔の医者から離れた。

だけど病院の敷地《しきち》を出るまで保《も》たなかった。

その廊下にたまたま誰もいなかったのが悪かった。

「あああ」

限界だった。

ふらつき、横から壁に体を預けて、そしてアレイスターは叫んだ。

やるべき事を失った途端、そのままずるずると床に崩れ落ちていく。

「ああ！！！！！！」

どうして、真っ当な人間からどんどん死んでいくんだろう？

どうして、自分みたいな人間だけがいつまでも生き残ってしまうんだろう？

アンナ＝キングスフォード。ようやくだ。こんなひねくれ者が素直にすごいと認める事のできる善き達人と巡り会えたと思ったのに。永久遺体に手を加え、会話ができる方が不自然な状態だったのかもしれないけれど、それにしたって、喪失の痛みは何も変わらなかった。

『人間』アレイスターには絶対に手に入らないものがある。

富も学識も知名度も、何もかもをもぎ取るように蒐集《しゅうしゅう》していった世界最大の悪人は、だけどどうやったって賢く優しい女性だけには恵まれなかった。

ブライスロードの戦いは、そもそも妻のローズや娘のリリスのねじ曲げられていく命運をきつかけにしてアレイスターが起こした戦争だ。

『窓のないビル』に居座って学園都市《がくえんとし》の統括理事長をしていた頃には、ミナ＝メイザースを己の『計画《プラン》』のナビゲーターに据えていた。仇敵《きゅうてき》メイザースの妻。微妙極まりない距離感の人物をわざわざ選んだのだって、結局はそういう事なのかもしれない。

そして今も、また。


どうして。

どうして。

どうして。

どれだけ嘆いたところで起きてしまった結果は覆《くつがえ》らない。ＣＲＣ、クリスチャン＝ローゼンクロイツ。ヤツが纏《まと》っている死の匂いは、本物だ。近代西洋魔術史上最大の戦争と言われる『ブライスロードの戦い』を単独で制したアレイスターだからこそ、分かる。


あれはメイザースやウェストコットと同種の死を操り。

しかも、格段にレベルは上だ。

戦うか、逃げるか。その決断すらもままならない。いいや、本来のアレイスターであれば苛烈に戦闘一択だったはず。ここに迷いが生じている時点で、すでに己の心の脆《もろ》さを認めるようなものだ。自由などない。認めろ負け犬。自分はヤツの恐怖に縛られている。

戦うどころか。

逃げる勇気すら持てずに立ち尽くしているだけだ。

己の死ではない。

対ＣＲＣ戦。前後左右上下もしどんな行動にも必ず命の消費を伴うものだとしたら、自分は選択肢を一つ選ぶごとに一体いくつの命を墓場送りにしていくのだろう、と。

『……、』

ゴールデンレトリバーは、声をかけなかった。

ただ見ていた。

アレイスターが完璧な存在ではない事は、木原脳幹《きはらのうかん》も良く理解している。だから無様で悲惨でみっともなくて、別にそれでも構わない。

最後の最後に正しい答えを出すのがこの『人間』だという事も、彼は深く理解している。

「……私に失望しないのか？　あれだけのものを見せられて、復讐《ふくしゅう》の一つも誓えないこんな私を……」

『愚か者が。私はロマンを解する男だぞ』

だから、いくらでも待ってやる。

木原脳幹《きはらのうかん》はそれを口に出すほど無遠慮でもなかった。

3

仁王立ちであった。

誰かと言われれば、インデックスと御坂美琴《みさかみこと》である。

「ご説明をなんだよ」

「…………………………………………………………………………………………はい」

美琴《みこと》がいるトコで魔術サイドの話はどうかなーと上条《かみじょう》は思ったが、R&Cオカルティクスが台頭してからは魔術への認識もちょっと変わった気がする。ありえないよりは身近になったというか。ただ、本当の本当に美琴が、魔術の存在をそのまま信じるかはまた別の問題だが。

『超絶者《ちようぜつしや》』を殺す事に特化した霊装《れいそう》『矮小液体《わいしようえきたい》』。

『橋架結社《はしかけけつしや》』の目的。

最悪を極めたクリスチャン＝ローゼンクロイツ。

アリス＝アナザーバイブルの死。

そして医療機器に繋《つな》がれたまま動けないアンナ＝シュプレンゲル。

「……そういう訳でローゼンクロイツは最悪も最悪だ。学園都市《がくえんとし》の『暗部《あんぶ》』を遊び場感覚で暴れ回って、魔術サイドなんか歯牙《しが》にもかけなかったあのアリスを文字通り瞬殺した化け物なんだ。俺だって、勝てなかった。何で負けたのか分析もできないくらいあっさりと。覚えてないけど、アレイスターが割って入らなかったら普通に死んでいたと思う。殺されない理由の方がないような相手だったんだ」

「……、」

話している間にインデックスの目つきがどんどん険しくなり、美琴《みこと》の方は逆に瞳から感情が抜けて漂白されていくイメージがあった。

怖い。

おっかないけど、ご許可もなく黙ったらその瞬間にドカンとくると上条《かみじょう》は理解していた。

「俺一人ならさっさと病院を離れて雲隠れって手もあるんだけど、アンナはあの通り動かせない状態だからな。ローゼンクロイツのヤツが攻め入ってくるっていうならヤツが病院へ到達する前に、こっちから打って出てCRCを食い止めないと……って、あのう皆様、ど、どうなさいました？　そんな暗い顔して俯《うつむ》いたままわなわなしちゃｔｔ

「な・ん・で!!　とうまが戦って命を懸ける事が最初の前提になっているんだよ!!!!!!」

「何のこっちゃ半分も理解してないけどＩＣＵでこんな事言ってるこいつはとりあえずぶん殴っておいた方がこの馬鹿のためになるっていうのははっきりしたわ」

ボコボコにされてしまった。結構本気で。

というか赤い。視界が半分くらいべっとりと赤いんですけど!?

「あオオおんっ!! こんだけ血が少ない状況で頭に噛《か》みつきとか本気でトドメ刺す気かインデックス！　あと御坂《みさか》も病院の中でビリビリ放電すんのほんとやめて病院は精密医療機器だらけでご近所迷惑だからァああああああああああああああああああああ!!!?」

ちなみに魔女達の女神アラディアも特に助けてくれなかった。

呆《あき》れ顔《がお》のままよそに視線を振っている。

ボロッボロであちこちからぴゅーぴゅー赤いのを出しながら上条《かみじょう》は何とか言った。

「と、とにかくローゼンクロイツってヤツは化け物だ。ヤツがアンナを狙って病院に向かってくるなら、何とかして到達前に食い止めないと。何しろアンナは動かせる状態じゃない。よそに隠せないなら、俺達の方からローゼンクロイツに先制攻撃を決めなきゃならないだろ」

「？」

当たり前の事を言ったと思ったのに、何故《なぜ》か同意が来ない。

美琴《みこと》だけではない。インデックスからも。

そして、

「……てか、これは事態を外から見てる人間にしか言えない残酷な台詞《せりふ》かもしれないけどさ」

おずおずと、だった。

御坂美琴《みさかみこと》は言った。

「アンタは命を狙われている。この病院にいる患者さんや先生達についても全員危ない目に遭う可能性だって否定はできない。何の罪もない人達を大勢巻き込んでまで、体張ってあの悪女を守らなくちゃいけない理由なんてあるの?」

4

あの少年だけではない。

魔女達の女神アラディアもまた、自分の思考をまとめるための時間が必要だった。

アリス=アナザーバイブルはもういない。

自分のように二人目や三人目も用意できない。

『橋架結社《はしかけけっしゃ》』も空中分解したまま、もう元の形には戻らないだろう。アリスという中心人物を失ったのはあまりに大きいし、『超絶者《ちょうぜつしゃ》』が一堂に会して死力を尽くした結果がアレだった。

クリスチャン＝ローゼンクロイツ。

あまりにも悲惨な失敗の経験を乗り越え、なお結束するだけの力はおそらく残っていない。

だけどそれでも、時間は先に進む。

アラディア達の後悔や逡巡《しゅんじゅん》などお構いなしに。

(……わたくしも、どう動くべきかを決めなくてはならない、か)

がしゃん、という金属音があった。

何かが倒れるような音だ。

アラディアが近くの病室を覗《のぞ》いてみると、ベッドが一つだけあった。個室のようだ。そこには五歳か六歳くらいのパジャマの女の子がいて、やせ細った腕がだらりと下がっていた。ひょっとすると、学園都市《がくえんとし》の能力開発が始まる前からこの病院にいるのかもしれない。

そして床に散らばる赤。

おそらくは、自分で輸血の針を抜いた。

「やめて、ナースコールは押さないで」

どうしたの、と尋ねる前に女の子の方から乾いた声があった。

ベッドサイドにはいくつか私物があったが、ぬいぐるみも絵本もどこか色褪《いろあ》せていた。最初の頃はあった見舞いの頻度が減っているのかもしれない。

アラディアは絵本の表紙に目をやる。

（……シンデレラ、ね）

「魔女なんかいないよ」

女の子はそっちを見なかった。

色褪《いろあ》せた絵本だけが残されていた。

「……奇跡なんか起きないし、努力したって体だってちっとも良くならない。そんなのは分かり切ってるもん。R&Cオカルティクスが出てきた時はびっくりしたけど、でも結局、サイトもすぐに閉鎖されちゃった。やっぱりそんなの誰にも使えな

言いかけた女の子の声が途切れた。

指を鳴らす必要さえなかった。

アラディアの手の中に渦巻き状の棒付きキャンディがあった。くるりと手の中で回すとそれは一羽のカラスになり、羽ばたいてウサギに化けて、子猫に変じるとアラディアの肩に乗る。

ベッドの上の女の子が前のめりになった。

「なっ、何それ？　何かの能力？」

「才能は必要ないのよ。だってこれは、誰でも自由に使える魔術だから」

アラディアがくるくると棒切れを小さく回すと、肩の上の猫はリボンのようにほどけて再び渦巻き状のキャンディへと戻る。

「世の中に、不可能な事なんかない」

断言した。

それが彼女の使命でもあった。

「そんな『壁』の存在なんて、このわたくしが許さない。生きるための希望は置いておくわ。もし本当に魔女の世界に興味があるなら、闘病の果てにこのわたくしを捜してみなさい」

「……おねえさんは、魔女の人？」

「違うわ」

アラディアは首を横に振る。

ベッドの横に置いてある色褪《いろあ》せた絵本を見て、彼女はそっと目を細めた。

それから改めてナースコールのボタンに手を伸ばして、

「夜と月を支配する魔女達の女神。魔女に憧れる全ての人を守り導く存在よ」


病室を出る。

バタバタと慌ただしい看護師達と入れ違いになる格好で。

誰もいない廊下に残された『超絶者《ちょうぜつしゃ》』は静かに息を吐いた。

……そんな事を言う資格はないのは分かっている。ＣＲＣが確実にここを目指している以上、むしろこの病院にいる全ての人の命を脅《おびや》かしている原因はアラディア達にもあるのだ。

だけど。

だから、それがどうした。

相応《ふさわ》しいかどうかなんて話は誰もしていない。『自分』に世界を救う力がないのは最初から分かっている。なので自らの魔法名を名乗るのではなく、別の神の名を借りてその外見と性質を着こなす『超絶者《ちょうぜつしゃ》』としての道を選んだのだから。

そもそもの始まりは何だった？

分不相応であったとしても、それでも許せない事があったからではなかったか。

負け戦を負け戦のままで終わらせたとして。

結果苦しむのは一体どこの誰だ？

「……ふん」

5

上条当麻《かみじょうとうま》は一人、とぼとぼと病院の廊下を歩いていた。

考えがまとまらない。

御坂美琴《みさかみこと》のそれは、重たい塊で頭を殴りつけられるような一言だった。

だけど、おそらくそれは上条《かみじょう》からは絶対に出てこない『正解』なのだ。別の角度から見た正論である。美琴《みこと》にとって、アンナ＝シュプレンゲルなんてクリスマス近辺で散々学園都市《がくえんとし》を引《ひ》っ掻《か》き回《まわ》して上条《かみじょう》を殺人微生物に感染させた悪人でしかないのだから。

年をまたいで、一月。

アレイスターの手元で人間フィルム缶になって幽閉（？）されていた状態から助け出し、ムト＝テーベに追われて機動戦闘車で逃げ回っている時の顔を少女達は知らない。ディスカウントストアではしゃぎ、裸を見られれば恥ずかしがって怒り、実は日本の駄菓子を気に入り始めていた側面など。何も。

世界中の人にとっても同じなんだろう。

アンナ自身がそんな顔を隠していたのだから、ある意味では仕方がないのだろう。

でも、上条《かみじょう》は知ってしまった。

彼女は決して超人ではない。キングスフォードが現れた時は涙が浮かぶほど震え上がり、ムト＝テーベに殺されそうになった時には自分に何の得がなくても機動戦闘車を動かして上条《かみじょう》達《たち》を助けてくれた。当たり前に感情を持って、恐怖を克服しながら前へ進む人だったのだ。

と、その時だった。

なんか見つけた。

「へーいカミやん、またミニスカの看護師さん見に来たん？　あるいはパジャマ少女？」

青髪《あおがみ》ピアスだった。

何故《なぜ》この病院にヤツがいるのだ？

上条当麻《かみじょうとうま》は戦慄した。

「そういえばお前……、真冬に人肌のぬくもり求めて電子レンジに放り込んだおっ○いマウスパッドを鷲掴《わしづか》みして病院送りにされていたっけ？　嘘《うそ》だろあれからずっとそのままだったのかよ、もう年は明けて世界のルールとか変わったんだぜ!!」

「ちゃうねん。インパクトのうっすーい入院食に飽き飽きしとったし、退院のセルフお祝いでラーメン二郎《にろう》に直行したらいきなりの衝撃にカラダがびっくりしちゃって再入院コース」

「ええーっ！　定食のご飯大盛りは無料ですって言われたら誘われるがままにそっち選んじゃうくらい食べ盛りの男子高校生が塩と油で血圧やられて救急車まで呼ばれたの!?　マシマシ系の背脂ラーメンってちょっと見ない間にどこまで悪ふざけしてんだよ!!」

「ふっ。カミやんあれはふざけてるんやない、真面目に極めてああなっとるから恐ろしいねん……。歴史に名を残す伝説のクソゲーは作ろうと思って作れるもんやあらへんのと同じ、クソ真面目だけが呼び寄せられる奇跡のバランスが織り成す神の業や」

「クソって言うな食べ物の話をしてる時にクソって」

「……なんかトーンが暗めやなあ。一月五日、もうお正月もおしまいゆうてもボク達の冬休みは終わっとらんのやで？　なに、ロビーにあったでっかい鏡餅見逃して落ち込んでおるん？」

そんな訳あるか。

とっさに返そうとして、しかし上条《かみじょう》の口からありふれた言葉が出なかった。

死闘の果てに何度も入退院を繰り返していると分かるのだが、病院ではこういうのをちょっと大袈裟《おおげさ》なくらいやる。上条達《かみじょうたち》にとってはありふれた季節のイベントでも、今年が最後かもしれない、次はないかもしれないと思って全力で喰《く》らいついている患者さん達もいるのだ。

そういう場所にクリスチャン＝ローゼンクロイツは迫っている。

無秩序に現実の死をばら撒《ま》く存在。

こうしている今もただ面白半分で。本当に人を危険にさらすのはヤツなのか、上条《かみじょう》なのか。

「もしさ」

ぽつりと、だった。

筋違いだとは思うが、上条《かみじょう》はクラスメイトにこうこぼしていた。

あるいはそれは、相手が友達だからこそかもしれない。

「もしもだよ。正しい事をしても正しくない事をしても、どっちみち絶対に誰かが傷つくとしたら。青髪《あおがみ》ピアスはどうやって、どこへ向かうか決める？　やっぱり正しい側でいたいとか、多くの人を助けられる道を取るとか、まあ基準は色々あるとは思うけど」

「そりゃ一択やろ、可愛《かわい》い女の子が笑ってくれる選択肢」

即答だった。

青髪《あおがみ》ピアスは特にふざけて右から左へ流している訳ではないらしい。

至極真面目に上条《かみじょう》の目を見て言っていたのだ。

「善とか悪とかややこしい話なんか分からへん。善悪ゆうモノサシが本当にきっちりしとんのかだって調べる方法なんか持っとらんしな。ならボクにできるのは目の前のそいつが己の萌《も》える心に訴えかけるかどうかや。ここで打ち切り終了になってほしくないもんやったら命を懸けてでも応援する。ランキングだの☆何個だの周りがどうこうやあらへん、ボクが自分で最高やと思ったものが世界で一番最高。そいつがオタクってもんの生態にして唯一の信条やろ？」

「……、」

上条当麻《かみじょうとうま》の呼吸は止まっていた。

そうだ。

目の前の人を助けるのに、正義のヒーロー様にお断りを入れなきゃいけない理由って何だ？

上条当麻《かみじょうとうま》はそもそも立場や責任のある人間なんかじゃない。

どこにでもいるありふれた高校生だろう？

「どしたんカミやん？」

「いや、改めて思い知らされただけだよ。御坂《みさか》のヤツもそうだったけど、自分にない視点っていうのはやっぱり大切なんだなって」

照れ臭そうに言って、上条《かみじょう》は自分の頭を掻《か》いた。

その時だった。

ぽろっと上条《かみじょう》の上着のポケットから何かがこぼれ出た。

薄っぺらな樹脂のパッケージだった。ゲームソフトのケース。そこには確かにこうあった。


たわわな☆魔女裁判。


青髪《あおがみ》ピアスが雷に打たれていた。

かなりまずい状況らしいと上条《かみじょう》にも分かった。

「……カミやん、それは……ネトオクはもちろん中古店に行けば有機ELハードのリバイバル版すらそろそろガラスのショーケース送りになろうかという伝説のタイトルを……ッ」

「違う違う違う‼　あっ、アンナ＝シュプレンゲルめ……。ディスカウントストアで見つけた掘り出し物をこっそり買い物かごに入れてやがったのか⁉　あいつほんとにもうぶっ倒れて意識不明になってでもお構いなしに人様の人生を引《ひ》っ掻《か》き回《まわ》しやがってぇぇえ‼」

「ふっ。そんな同好の志にはボクからこいつを預けたるわ。伝説の旧ハード版たわ魔女2とたわ魔女プラスをなア‼」

「あれ、キワッキワかと思ったら意外とあちこち展開してる……？　あああぁ、そして廊下の角からアラディアがこっち見てる。お久しぶりにおっかない方の魔女達の女神サマの両目がビカァと光ってるうううううううううううううううううううううううううう‼⁉⁇」

6

インデックスはまだICUの前に立っていた。

上条当麻《かみじょうとうま》はすでにここから出ている。

今残されているのは巨大な機械に囲まれているアンナ＝シュプレンゲルだけだ。

生きているかも死んでいるかも分からない小さな少女を、分厚い透明な樹脂越しにインデックスはじっと眺めていた。

「まったく……」

インデックスのフードの辺りが小さく揺れた。肩に何かが出てくる。

身長一五センチの『魔神《まじん》』オティヌスだった。

「たった数日放置しただけでコレか。……相変わらずあの人間の周りでは事態の動きが早い」

「偽りの記号であった『超絶者《ちょうぜつしゃ》』の群れと、彼らが再誕させた本物のクリスチャン＝ローゼンクロイツ、なんだよ」

「だとしたら、相当こじれるぞ。あの人間とローゼンクロイツが実際にかち合ってみろ、どっちが勝つかはさておいて学園都市《がくえんとし》くらいはぶっ壊れても不思議じゃない」

「ローゼンクロイツを放置しておいた場合は？」

「……まあ、地球なんて小さな星に収まるゲテモノではないと思うが」

　この時点で、インデックスの中ではすでに答えは決まったようなものだった。

　彼女はイギリス清教の中でもさらに特殊な『必要悪の教会《ネセサリウス》』に属する魔道書図書館《まどうしょとしょかん》だ。本来なら現世に存在してはならない魔術師が息を吹き返し、何も知らない人々が暮らす世界を勝手気ままに破壊していくというのであればこれを阻止しない理由はない。

　後の問題はここだった。

「その結果、アンナ＝シュプレンゲルが助かるっていうのはどう思うんだよ？」

「はっきり言えば頭が痛いが……一個ずつだな。どっちみち、ローゼンクロイツを放置しておいてろくな展開になるはずがないんだから」

「またとうまに厄介な人脈ができる……」

「自分に言えたガラか、魔道書図書館《まどうしょとしょかん》」

　腕組みして不遜に言っている『魔神《まじん》』も似たようなものかもしれないが。

7

　病院の中庭だった。

　御坂美琴《みさかみこと》、ちょっと俯《うつむ》いて頭を冷やしていた。

「御坂《みさか》さんってぇ、時々とんでもなくシビアで冷たい視点になるわよねぇ？」

「何でアンタここにいるの？」

怪訝《けげん》な顔をした美琴《みこと》にいちいち答える第五位の少女ではない。

食蜂操祈《しょくほうみさき》。

そもそもが神出鬼没、誰の記憶や顔認識でも操ってどこにだって現れる常盤台《ときわだい》のクイーンなのだから。

美琴《みこと》に対しては例外的に『心理掌握《メンタルアウト》』が通じないにも拘《かかわ》らず、いきなりきた。

「自分で言ったくせに後悔力？」

「……うるさいわね」

思わず低い声になってしまう。

衝撃を受けたあの少年の顔が忘れられない。

アンナ＝シュプレンゲル。使っている言葉の引き出しは同じでも、自分とあの高校生の間では持っている情報、経験している時間が違う事は何となく美琴《みこと》にも分かっていた。というか最悪、あの馬鹿は理由が一個もなくたって構わず目の前で苦しむ人間を助けてしまうだろう。悪女アンナを助ける必要なんかない、というのは正論ではあるものの、正しい事を言った程度でアレが即座に行動をやめてしまうのもまた想像して違和感がある。

あんな顔が見たかったのではない。

だけど誰かが言わなければならない問題提起でもあったと、美琴《みこと》は思う。

言うまでもないがアンナ＝シュプレンゲルは極悪人だ。

その前提を踏まえた上で、

「そういうアンタはここからどう動く訳？」

「私は何があろうが基本的に彼を助ける側に回る役どころだもの。彼が悪の道を突っ走るなら私もそれを応援力するだけダゾ？」

「前から気になっていたんだけど、何でアンタあの馬鹿に固執してる訳？」

「御坂《みさか》さんにも理由があるようにぃ、私にも理由があるだけ☆」

ただしそこから得られる結論はかなり変わっているようだが。

美琴《みこと》なら人が悪の道に突っ走るなら、拳でぶん殴ってでも元の道へ戻す。ただ甘やかして背中を押すだけが味方ではないと思っているから。

「だから御坂《みさか》さんが本当に今したいのはこれから私がどう動くか、なんてつまらない質問力じゃないと思うわぁ」

くすくすと笑って。

食蜂操祈《しょくほうみさき》はこう切り込んできたのだ。

「あなた自身がこれからどんな風に動くか。知りたいのはそこじゃない？」

8

夕暮れに染まる病院の屋上だった。

大変スケベな目で魔女を見る無礼者上条当麻《かみじょうとうま》へのぐりぐりヘッドロック（甘口）を済ませると、夜と月を支配する魔女達の女神アラディアは寒空に身をさらしていた。

彼女は『虐《しいた》げられる魔女を全て助ける』事を己の『救済条件』に規定した『超絶者《ちょうぜつしゃ》』だ。

そしてアンナと戦うために自滅覚悟で魔術を振るった上条当麻《かみじょうとうま》は魔女達の女神にとって『救済条件』に合致する特別な個人である。彼が戦うのなら、アラディアもまた参戦しても構わない。

だが、それだけでは勝てないだろう。

クリスチャン＝ローゼンクロイツ。ヤツはそもそも儀式に参加した『超絶者《ちょうぜつしゃ》』全員を瞬殺したのだ。規格外のアリス＝アナザーバイブルさえ頭部を破壊され死亡してしまった。『橋架《はしかけ》結社《けっしゃ》』の一員、レギュラーな『超絶者《ちょうぜつしゃ》』が一人で挑んでもローゼンクロイツに勝てる道理はない。

ならどうすれば良いか。

上条当麻《かみじょうとうま》が救済対象である以上、できないから諦めますは通じない。

何としても彼を助けなくてはならない。

「っ」

ばさりという音があった。

ベッドシーツで空気を叩《たた》くような音と共に金網のフェンスの上に舞い降りたのは、妖艶《ようえん》な悪魔。長いウェーブの金髪に白い肌を持ち、頭には動物の角、腰の後ろからは矢印状の尻尾、そして背中にはコウモリのような大きな翼を有する『超絶者《ちょうぜつしゃ》』だ。

ワンピースコルセット、つまり下着一丁で空を飛べる誰かをアラディアは見上げて、

「ボロニイサキュバス」

「ジジびるび、そっちも何とか生き残っておったたい？」

相変わらず、どこか共通トーンがおかしいままボロニイサキュバスは気軽に言った。

アラディアはそっと息を吐いて、

「アリスは死んだみたいね」

「ずら」

「アンナも貴女達《あなたたち》にやられたし。レギュラーな『超絶者《ちょうぜつしゃ》』はどれだけ残ったの？」

「んぅー？　わらわの他には『旧《ふる》き善《よ》きマリア』とムト＝テーベ。他には何人かってトコですたい。そなた達と違って儀式場にいながらにして生き残ったわらわは相当稀有《けう》なパターンぞ。ちょっとは褒めてくれても良いたたい」

「……H・T・トリスメギストスは？」

「消えた」

微妙な言い回しだった。

クリスチャン＝ローゼンクロイツと戦って殺された、という訳でもないのか。

CRCはまだこの学園都市《がくえんとし》に留《とど》まっている。

全ての『超絶者《ちょうぜつしゃ》』を殺す。

それも大した理由はない。正しいとか間違っているとか、まして好きや嫌いですらない。上条当麻《かみじょうとうま》は確かにこう言っていた。自分自身が申し訳なさそうに。

フェンスの上のボロニイサキュバスは重たい息を吐いて、

「……退屈だから、暇潰しに、ときたか」

「……、」

「なら黙っておってもローゼンクロイツは必ずこの病院を目指すたい。早いか遅いかの違いでしかなく、いずれどこかのタイミングでアンナ＝シュプレンゲルは狙われるはずだからの。逆に言えば、あらかじめ狙いが分かれば張っておく事も可能でもあるずら」

脳裏にこびりつく嘲弄と悪意に満ちた言葉。

CRCという怪物に面白半分で命を狙われる事自体も普通の人なら平静を失わせるには十分だが、それ以前に、『超絶者《ちょうぜつしゃ》』としては未《いま》だに受け入れられないところでもあったのだ。

「貴女《あなた》は信じられるの？」

「何が？」

「世を救う主。その素顔について」

「目の前にあるのが全部。アレが冤罪被害者《えんざいひがいしや》を救うための行動をしないなら、わらわは別の方法を模索するだけばい。……ヤツはシンプルに期待から外れた。長い長い時に埋もれ黙って死んでおれば良かったものを、わらわ達はそんなモノをわざわざ再誕させてしまったずら」

ローゼンクロイツに、救済という方向性は存在しなかった。

ならあれだけ莫大《ばくだい》な力を何のために振るう？

それが何であれ、山札の中から『救済』というカードを省いて捨てた状態から選ばれるのだ。まともな事になるはずがない。

魔女達の女神アラディアは、文字通り『虐《しいた》げられる魔女』を救うために存在する。元が何であれ自分をそういう形に作り替えてある。

もしもＣＲＣが救済の役に立たないばかりか、彼女の『救済条件』に合致する人物に危害を加えるならば。

いいや、それは仮定ではない。

ふざけるな。

すでにヤツは実行している。アラディアにとって、右も左も分からないまま学園都市《がくえんとし》を守るため魔術を実行した上条当麻《かみじょうとうま》は、善なる心を持つ魔女の一人としてカウントされている。

そこに手を出した。

クリスチャン＝ローゼンクロイツは女神の聖域に触れたのだ。

「生き残ってしまった貴女達《あなたたち》はどうするの？」

「またぼっけえメンドイ質問をしてくれるばい」

よっと、とボロニイサキュバスは背の高いフェンスの上に腰かけて、こちらを見下ろす。

「自分の命が狙われるのは正直どうでも良い」

「ふむ」

アラディアも特に驚かなかった。

『超絶者《ちょうぜつしゃ》』はそもそも己以外の救済対象を自分で決めて助ける存在だ。そこまで徹底して自身を改造できた者だけがそう名乗れる、とも言える。例外はアリスとアンナくらいか。

「ただクリスチャン＝ローゼンクロイツが暴れ回るにせよ、そこで生じる被害は別に冤罪《えんざい》とは関係ない。わらわは純粋な加害者を助けるつもりはないが、でも純粋な被害者まで救済の幅を広げるつもりもないばい。抱えきれなくなって自滅するのがオチだと分かっとるしの」

「……」

「睨《にら》むな。そなたにしても『虐《しいた》げられる魔女を助けたい』に範囲を絞っておるたい。定義を無尽蔵に広げれば破裂してしまうのは自分で分かっておるはずぞ」

自覚くらいはある。

だがはいそうですかと受け入れてしまえば協力は取りつけられない。アラディア一人ではローゼンクロイツには敵《かな》わず、それでは『救済対象』上条当麻《かみじょうとうま》は助けられない以上、どんな手を使ってでも他の『超絶者《ちょうぜつしゃ》』を自分の案件に巻き込む必要があるのだ。

「ふふん♪」

向こうも気づいたらしい。

高いフェンスの上で両足をぱたぱた振った後、一息に飛び降りてきた。

ボロニイサキュバスは己の胸の真ん中に掌《てのひら》を当て、片目を瞑《つむ》ってこう切り出してくる。

それこそ悪魔の誘惑のように、優しくも毒々しい声色で。

「『旧《ふる》き善《よ》きマリア』、ムト＝テーベ、そしてわらわ。条件はひとまずこんな所で良《い》いたい。絡《から》まる糸については頭の中で思い浮かべられたかの、アラディア？」
＊特別な枠から弾《はじ》かれた人達に奇跡を届けたい。
＊自分でこれと決めた一集団を、厳罰をもって守り抜きたい。現状設定は『橋架結社《はしかけけっしゃ》』。
＊そして、あらゆる冤罪被害者《えんざいひがいしゃ》を助けたい。
「これは言うまでもないけど、わらわ達『橋架結社《はしかけけっしゃ》』の『超絶者《ちょうぜつしゃ》』はそれぞれが『救済条件』

を定義して行動しておるたい。つまり、わらわ達を動かしたければ『救済条件』に合致させる必要がある。今ここにいる全員分の条件を、矛盾する事なくぞ」

「……、」

そいつがどれだけ難しいかは、アラディアだって理解しているはずだ。

何しろあちらを立てればこちらが立たず、何をどうやっても実現できなかったからこそ、『超絶者《ちょうぜつしゃ》』達はクリスチャン＝ローゼンクロイツさえ再誕させられれば世界を全部救ってくれる、だなんてざっくりした答えを選択するようになったのだから。

「さあて、どう動くずらアラディア」

両手を後ろにやって、ずいっと顔を近づけるボロニイサキュバス。

悪魔は甘く笑んでいた。

「坊やのために、絶対不可能なパズルに挑む覚悟はあるたい？」

9

昼過ぎでも夕暮れでもない、午後の時間だった。

ちょうど谷に当たるこの時間帯は、実は一番人気がなくなるのかもしれない。上条《かみじょう》は自販機がたくさん並んでいる休憩スペースに一人で腰かけていた。

青髪《あおがみ》ピアスの言葉は簡潔で、上条《かみじょう》にはない視点だった。

好きなものをただ守る。

それだって一つの『正解』だろう。

高校生の上条《かみじょう》にとってはすがりつきやすい選択肢とも言える。

「……、でも」

本当にそれだけで、巻き込んでしまっても良いのか。

アンナ＝シュプレンゲルとは、つまりどういう存在なんだろう。

『メリークリスマス、記憶なきわらわの敵。今日は格好良かったわよ？』

最初は間違いなく敵だった。

口移しで襲いかかってきたのは致死の微生物、サンジェルマン。しかも上条《かみじょう》の右手の幻想殺し《イマジンブレイカー》と競合してしまうため、勝っても負けても『薔薇十字《ローゼンクロイツ》』の奇妙な同胞は命を落とすという最悪のセッティングまで施されていた。

『魔術を使っているの!?　わらわが埋め込んだサンジェルマンを仲間に引き込んで!!』

そうまでして二人羽織りで撃破しても、アンナ＝シュプレンゲルは難なく警備員《アンチスキル》の拘束を振り切って逃走。ロサンゼルスで再び大事件を起こす。『超絶者《ちょうぜつしゃ》』の集まりである『橋架結社《はしかけけつしゃ》』に合流し、アリス＝アナザーバイブルに干渉する事で謎に包まれた魔術結社を暴走状態に追い込む事にも成功した。

だけどそんなアンナにも天敵がいた。

アレイスター＝クロウリー。そしてヤツが使役するアンナ＝キングスフォード。

手も足も胴体もない人間フィルム缶にされていたアンナ＝シュプレンゲルを見た時、上条《かみじょう》はどういう訳か手を伸ばしていた。何故《なぜ》そうしたのかは説明できない。ただ、思ったのだ。

アンナ＝シュプレンゲルは確かに憎いけど。

だけど、こんな結末で喜ぶ訳じゃないと。

『はいはい、分かったわ。今回だけは素直にわらわも切り札を出すわよ』

じゃあ自分は一体何を望んでいたのか。

言葉にはできないけど、だけど、『矮小液体《わいしょうえきたい》』でアンナを処刑しようとする『橋架結社《はしかけけつしゃ》』のムト＝テーベやキングスフォードを差し向けて始末しようとするアレイスターとは相容《あいい》れないと、ここだけははっきりと断言できた。

正しくないのかもしれない。

合理的とは言えないのかもしれない。

だけど、胸を張って。

『いるかどうかも未知数だけど、もし仮にそんな存在がいればこの世界と折り合いをつけていける』

ああ。

そうだとも。

『……どこかにいれば良いわね、愚鈍。そんな「王」が』

そうだ。

悪女だから何だ。強敵だからどうした。

この闘争がどんな結末になろうが、どこに着陸していこうが。

アンナ＝シュプレンゲルを死なせて終わらせるなんていうのは、絶対に嫌だ。

そう断言する事の、一体何がおかしい？

「……、」

でも。だけど。

上条《かみじょう》一人が勝手に決めたって、ただの高校生にはICUで機械に繋《つな》がれているアンナを現実に助ける事はできない。

ここへ向かってくるローゼンクロイツと戦って勝つ事もできない。

この病院にだって多くの患者がいる。彼らを支える医者や看護師さんといった医療関係者だって。病院にいるのは当たり前を奪われた人達だ。一人一人が精一杯戦って、当たり前を取り戻そうとしている人達。何も死にかけているのはアンナ＝シュプレンゲルだけじゃない。彼女は特別ではない。なのに、何を根拠にみんなを巻き込む？

協力が欲しい。

でも一体、誰からどんな風に手を貸してもらえば良いんだ……？

思い悩む上条《かみじょう》の元へ、誰かが近づいてきた。

「おや。こんな所にいたのかい？」

カエル顔の医者だった。

上条《かみじょう》は思わず呟《つぶや》いていた。

「アンナは……？」

「アリス＝アナザーバイブルや『矮小液体《わいしょうえきたい》』と言われても僕は詳しくないよ？」

彼は嘘《うそ》をつかない。カエル顔の医者からの言葉は、シンプルなものだった。

上条当麻《かみじょうとうま》の中心を抉《えぐ》るような。

「どうするんだい？」

「……、」

歯を食いしばり。

考えて。でも、ダメだった。

「アンナは、悪人だけど、そこはもう言い訳なんかできないけど……」

もう、止まらなかった。

声が。

口というよりも、自らの胸から溢《あふ》れ出《で》てくる。

「でも、このまま死んでほしくない」

それで、決まった。

いいや自分で決めた。

自身の立つべき場所、向くべき方向、あるべきスタンスを。

そして上条当麻《かみじょうとうま》は全てを吐き出した。

己の醜さを。

「だって、アンナは悪人悪人ってみんな言うけど俺を助けてくれた事もあったんだ。あの時アンナがいなかったら機動戦闘車なんて手に入らなかったし、多分あの夜の最初に躓《つまず》いて俺は死んでいたはずだったんだ。人間フィルム缶から解放されたからって、アンナは自分一人が生き残るためだけなら俺やアラディアを引っ張り込む意味なんかあったのか？　あいつには俺達を騙《だま》して一人で勝手に逃げ出すって選択肢も当然のようにあったんじゃないのか？　アンナには人をからかって、勝手に笑って、でも確かに何の報酬もないのに手を差し伸べてくれる一瞬だってあったんだ！　いや違うそうじゃない、助けてもらったから助けたいんじゃない、そんなギブアンドテイクの恩返しなんかじゃない!!　違うんだよ。ディスカウントストアじゃ俺をからかってまとわりついてきた。ガソリンスタンドじゃアラディアの足首に巻いたダクトテープを見てくすくす笑っていたし、日本の駄菓子を食べて喜んでいたんだ。普通の女の子だったんだよ。たまたま特別すぎる力を持っていたイレギュラーな『超絶者《ちょうぜつしゃ》』だったっていうだけで、アンナは誰とも変わらない。見捨てられないんだ。俺はあいつを見捨てられない!!　こっちは味方であっちは敵だからって、そういう線引きじゃ割り切れないんだよ！　いやだ、アンナに死んでほしくない!!　そんなの考えたくもない！　クリスチャン＝ローゼンクロイツがどれだけ化け物かなんて知らない、アレと戦うのがどれだけ馬鹿馬鹿しい話かなんてどうでも良《い》い。あんなヤツに奪われてたまるか。好きなように蹂躙《じゅうりん》されるって分かってて黙っていられるか！　あいつは俺が何とかする。絶対に、どんな手を使っても、勝利をもぎ取ってアンナを守ってみせる！　でも、それだけじゃダメなんだ。クリスチャン＝ローゼンクロイツをやっつけたってそんなのはただの勝敗だ、別に俺が勝ったってそれだけで誰かの命を拾い上げられる訳じゃない。ゴールはそこじゃない。アンナがもう一回起き上がってくれないと何の意味もないんだ!!　拳を振り回すだけじゃできない事だってあるんだよ！　アンナは『矮小液体《わいしようえきたい》』っていうのにやられていて、俺の右手を使ったって助けられない。アリスが死んでしまってあの子の手も借りられない以上、もうアンタに頼るしかないんだよ。普通で科学でありふれていて、でも俺にはできない事を絶対に成し遂げてくれる医者の力が!!　いやだよ。諦めたくない。俺はアンナ＝シュプレンゲルを諦めたくなんかない!!　あいつの命をここで諦めるなんて耐えられない!!!!!!　……過ごした時間の長さなんかじゃない。俺はもうアンナが浮かべる笑顔を知っているんだ。得体の知れない『王』なんか知らない。俺達がこの手で必ずアンナを暗闇から引きずり上げてやる。笑って欲しいんだ。それだけなんだよ。もう一度アンナの笑顔が見たい!!　そのためならこんな命は投げ捨てられる!!　だから、頼むよ。これが終わったら警備員《アンチスキル》に出頭する、悪人を助けるのが悪い事だっていうならどんな罰だって受けてやる……。テレビで騒がれてネットで叩《たた》かれたって良《い》い、胸を張って前を見て少年院にでも向かってやる!!　うえうああ、だからお願いだからアンナを見捨てないでくれよオ!!　あうぐうえあああ!!!!!!」

もう、ぐしゃぐしゃだった。

力が入らない。上条《かみじょう》は目の前の医者にすがりついたまま、膝から床に崩れ落ちる。

対して、だ。

カエル顔の医者は小さく息を吐いただけだった。

彼は言った。

全くいつもの通りに。

「やっぱり色々考え過ぎなんだよ、君は？」

「……、」

「たとえどれだけ深く考えようが、そもそも必要のない事を延々と悩み続けるのは意味がないね？　僕は医者だからさ？　こういう時は長々とした理由なんか探さずに、ただこう一言言えば良いんだよ？　……『助けて』とね」

それで。

医者として当たり前で自然でありふれた、そんな一言で。

「れも、らって」

「うん？」

「……アンナは悪人れ、」

「だから？　そう呼ばれて命を脅《おびや》かされている人にそれでも手を差し伸べたいと願う事の、一体何が間違っている？」

「たすけてって言っれも、だれも応えれくれにゃくて……」

「医者で良ければ、僕にできる事は全部やる。では君にできる事とは何かな？」

協力があった。

世界的な悪女を死なせたくないという上条の勝手で醜いわがままに、そのために事態を悪化させてさらに多くの無関係な人達を巻き込むという徹底した愚行に、たった一つの協力が。

命を守る人の『当たり前』は揺るがなかった。いかなる時も。たとえ非常事態で誰もが右往左往する中であっても、絶対に。あるいはずる賢く空気を読んで自覚的に流されてしまった方が楽だったかもしれないのに。それが、職業的に人の命を扱う事へのプライドなのか。

目《ま》の当《あ》たりにして。

未熟で未熟で仕方がなかった上条当麻《かみじょうとうま》の中で、再び何かが点火した。

小さな、だけど確固として己の胸に存在するもの。

それは芯だった。上条当麻《かみじょうとうま》は自らの心に支えを手に入れた。

この医者は嘘をつかない。

彼が助けると言ったらその患者は絶対に助かる。

根拠もなくそう信じられるのは、実際に上条自《かみじょうじ》身《しん》がこれまで何度も何度も死にかけてきたからだ。カエル顔の医者の素性は知らない。だけど彼は絶対に人の命を裏切らない。そう分かる。

本当の答えは特別でも何でもない。自分自身の歩み、経験の中にこそ根拠はあったのだ。

なら後は。

自分の不利を呑《の》んででもアンナのために死力を尽くしてくれる、そんな医者の行動を邪魔する存在を徹底して病院へ近づけさせないだけだ。

たったそれだけで、全部が丸く収まる。

アンナ＝シュプレンゲル。小さな悪女が嘲って罵って、癇癪《かんしゃく》を起こして散々迷惑をかけて、そして笑っているところをもう一度見られる。

だとしたら。

それは絶対的に、ちっぽけな少年が右の拳を握る理由になる。

「先生」

「うん？」

「よ、よろしく、お、お願い、い、いします、」

深く深く頭を下げ、そして上条当麻《かみじょうとうま》は踵《きびす》を返《かえ》す。

向かう先は病院の正面玄関。その先に広がる危険な学園都市《がくえんとし》。
己の中でゴールさえ定まれば、後は右拳を強く握り締めて突き進むだけだ。
クリスチャン＝ローゼンクロイツ。
どんな方法を使っても良い。
最大の敵を倒せ。

行間　一

ロンドン、ランベス宮。

イギリス清教のトップ『最大主教《アークビショップ》』のために用意された官邸の中で、厳かな声があった。

「おい雑魚《ざこ》ども」

「あア⁉」

思わずケンカ腰になったアニェーゼ＝サンクティスをシスター・ルチアやアンジェレネが羽交い締めにしつつ。

ローラ＝スチュアートが異例の退任をした後『最大主教《アークビショップ》』の座に就いたダイアン＝フォーチュンは、目の前にあるモノを見て呆《あき》れたように息を吐いていた。正確にはパンパンに膨らんでカギの所が危なっかしくなっている旅行カバンである。

生意気少女が下々の者へこう切り出した。

「まったくこれから長旅だっていうのに不器用なシスターどもね！　パジャマやお風呂《ふろ》グッズはすぐには出し入れしないんだからカバンの奥の方でも良《い》いでしょ。それより薄っぺらな外国語ハンドブックとかカードゲームとかよく使うものを上に持ってくる！　旅の基本だわ。こんな事もできないなんて元の修道院じゃマザーにべったりかキサマら⁉」

「……ぶちぶち。何でも機械が通訳してくれるこの時代に紙のガイドだなんて」

「アホかスマホやケータイはいきなり故障して文鎮化したらどうすんの、しかも右も左も分からない外国ど真ん中で！　便利なモバイルは当然持っていくとして、そっちとは別にいざという時の紙媒体も用意しておくなんて基本も基本。あっ、それからトランプはジョーカー二枚入ってるヤツね。一枚だけだとできないゲームもあるのよー」

数十ヶ国の言語を使いこなし必要とあらば世界のどのような地域にでも溶け込む戦闘シスター相手に無駄にドヤるダイアン＝フォーチュンに、アニェーゼは冷たい目を向けていた。

「そんなに慌ててどこに向かっちまうつもりなんですか？　夜逃げとか？」

「権力構造や財産に興味はないわ。どーせ『最大主教《アークビショップ》』なんて椅子は次の人間が決まるまでの繋《つな》ぎ、間に合わせでしかないもの。こっちはせいぜい自分の権力が使える間にできる事を全部やっちゃおうかなーと。それがイギリス全体のためにもなんでしょ」

「ならこれは忘れねえでくださいよ、パスポート。EU内であっても念のため持っていくコト、変に頭の固い警官もいますし。ちなみにどこに向かうつもりなんです？」

にひっと笑ってダイアン＝フォーチュンは応えた。

イタズラの計画をそっと伝えるように。

「ドイツ、バイエルン州、ニュルンベルク」

「『黄金』について少しでも造詣《ぞうけい》があれば、大体何を調べたがっているかは分かるわよね。ヒント、メイザースやウェストコットは血眼になって探しても結局見つからず、それは現世でなくどこか別の『位相』にでも存在している精神的な存在なのだーと言って逃げ切る事しかできなかったものですこれ何だ？」

「……、」

「ドイツ第一聖堂？」

「そ。より正確にはリヒト＝リーベ＝レーベン第一聖堂ね。アンナ＝シュプレンゲルが所属して直接管理していたとされる、うちの『黄金』にとっては始まりの位置にある魔術結社。シュプレンゲル嬢にCRCまで出てきたんでしょ、いい加減ここ深掘りしてみたいかなーって。ま、『黄金』の魔術師からすると結構おっかない決断ではあるんだけど」

「……、」

ちなみに『黄金』が初めてロンドンに設立した拠点イシス＝ウラニアは『三番目』とされている。半端《はんぱ》なナンバリングから始まっているのは、アンナ＝シュプレンゲルが擁していた（とされる）第一聖堂から続くもの、という敬意の表れなのだ。

「あっはっは!!　感動して声も出ないかね馬鹿で無能な雑魚《ざこ》シスター軍団！　アンナ＝シュプレンゲルにクリスチャン＝ローゼンクロイツでしょ、なら伝説臭くて輪郭の曖昧な『薔薇十《ローゼンクロ》字《イッ》』っていう魔術結社については探りを入れておかなくちゃ！　暫定とはいえこっちも伊達《だて》に『最大主教《アークビショップ》』の座をもぎ取ってはいないのよ。そんな訳で雑魚《ざこ》は雑魚《ざこ》らしく大ボス様の旅行カバンを用意してとっととイギリスと世界のために貢献しなさい。オラオラお財布とクレカとお買い物もできる交通系ＩＣカードはそれぞれ別の場所にしまっておきなさいよ一度に全部なくなったら究極怖すぎるでしょドイツまで行って一人ぼっちで泣かす気かア⁉』

と、その時だった。

旅のご飯は全部こいつのレビュー任せにすると決めていたスマホがぶるぶると震えた。ダイアン＝フォーチュンはマナーモードにしても意外とうるさいモバイルを手に取って、

「もしもしー？　こーのクソ忙しい『最大主教《アークビショップ》』サマにどんなご用件だアポくらい取ってんだろうなオイこらテメ

『おや。ちょっと見ない間にかなり出世したようですね、残念弟子。夜な夜な起きる野良猫達《のらねこたち》の攻撃に脅《おび》えて泣きべそかいていたのが信じられないくらいには』

「ツッツ‼⁉⁇」

ズビシ‼‼‼　と電話だというのにいきなり背筋を伸ばしたダイアン＝フォーチュンを、アニェーゼ達は怪訝《けげん》な目で見る。

「み」

しかし『最大主教《アークビショップ》』としてはそれどころではない。

すでに全身は汗びっしょり、すっかりトラウマが刺激されていた。

「ミナ＝メイザース……？　お、おねえさま、本日はどのようなご用件で、へへえへへ」

近代西洋魔術史には様々な事件や闘争が記載されているが、クロウリーが猛威を振るった『ブライスロードの戦い』と同じくらい有名な魔術戦闘が存在する。

歴史の編纂者《へんさんしゃ》いわく、ミナ＝メイザースとダイアン＝フォーチュンの魔術的キャットファイト。

(……女の子同士のちょっとえっちな取っ組み合いなんてものじゃなくて、メートル単位のデカい猫らしき何かに襲われて背中一面ザックリやられちゃいましたけどね！　ひイいいい何が黒猫の魔女だよ歴史の勝者が好き放題にカワイイ変換してくれちゃって猫とネコ科は全然違うっつーの!!)

『できない弟子のあなたがドイツ第一聖堂を目指しているのはこちらでも「読めて」おります。……このまま放っておくとあの「人間」がまた独りぼっちで大暴走しかねませんからね。この世界、自滅的になれば勝てる人間がほんとにキレた時が一番怖いんです。正直見ていられないので、手っ取り早くあなたも手を貸しなさい。どうせ調べるものは同じでしょうから』

「へ、えへへ。我が師匠、もし、仮に、これはえへへもしもの仮定の話ですよ？　いきなり本気にしないでくださいネッ！　……ちなみにー、ここで善き提案ではありますが本日はタロットの並びが悪いので西洋のヨガすなわちカバラ的解釈ではまたの機会にーなどとお断りなんかしちゃったりしたら何がどうなるんでs

『心優しいあなたの師が珍しく爪を立てて癇癪を起こすだけですが？』

第二章　それはまるで年輪のような　Open_War,1st_Defense_Line.

1

冬の学園都市《がくえんとし》は夕暮れになるのも早い。

午後五時。

その時、真っ赤に染まった街で誰よりも早く異変に気づいたのは警備員《アンチスキル》だった。

元々学園都市《がくえんとし》全域に発令された戒厳令はまだ解除されていない。つまり平常時より分厚い警戒網を敷いており、少しでも異変があれば即座に察知する仕組みが機能していたのだ。

具体的には街の東端にある、（科学側から見た）宗教色の強い第一二学区。

「おいっ……何だ……？」

そして。

クリスチャン＝ローゼンクロイツ。銀の髪の化け物は、いちいち地雷原など気に留めない。

行きたい場所があれば全て歩いて踏み潰す。

「おーっ、お、おー？」

その時、赤衣に銀の髪の青年が注目しているのは、ペットボトルだった。

より正確には側面にあった小さなシールをめくった辺りを凝視している。

「ふーむ。この、魔玉石《まぎょくせき》を全員にプレゼントというのはどういう意味かのう？　どこを見てもそんなものを応募する窓口はなさそうなんじゃが」

「そこのお前!!　身分証か滞在許可を示す書類を提示しろ、今すぐに!!」

「ああ、なるほど。すまほとやらをかざして読み取るのじゃな、この四角いトコを」

ぼんっ、というどこか水っぽい音が聞こえた。

ローゼンクロイツは最後まで人のいる方など見ていなかった。指一本動かす事なく、怒鳴りつけた警備員《アンチスキル》が手にした銃ごと空中で派手にスピンしたのだ。

銃を手放す事ができなかったのはこの場合不幸だっただろう。

警備員《アンチスキル》本人の意志に反してでたらめにばら撒《ま》かれた鉛弾が、近くにいた味方へと直撃したからだ。

「ぎびゃっ!!」

「わああああああああ!?」

赤と鉄錆《てつさ》びが一気に充満して場が殺伐とするが、やはりクリスチャン＝ローゼンクロイツは気にも留めない。シールだけ手に入れると用済みのペットボトルをその辺に放り捨て、空いた手で指を折って何かを数えている。

「トレカのウルトラレアを出す、やった。さらに美味《おい》しくなったお店の味の冷凍ハンバーグを食べる、やった。目元を温める一休みアイマスク、やった。おうちで簡単にできる手作りお餅セット、これもやった。新発売のケミカルピンク味のエナドリを飲む、やった。ああそこの、すまんが指を貸しておくれ。えーとあとは……」

「あっ、が？」

「クレーンゲームでトイプードルのぬいぐるみを取る、やった。オススメのチーズふかひれ肉まんを食べる、バッティングセンターでホームランを打つ、やったじゃろ。カラオケの採点で一〇〇点満点を叩《たた》き出《だ》す、えーとこれもやったから……」

「ががががぎゃぎゃぎゃぎゃぎゃああああああああああああああああああああああああ!?」

ばき、ぺき、ぽき、と加減を知らない音が立て続けに炸裂《さくれつ》した。

ローゼンクロイツは指一本触れていない。なのに必死に抵抗する警備員《アンチスキル》の指が一つ一つ文字通りに折り曲げられていく。銃のグリップがありえない力で握り潰され、意図もしていないのに人差し指が引き金を引いてしまう。

「〜〜っ、全員伏せろお!!」

爆発音が炸裂《さくれつ》した。

ようやく警備員側《アンチスキルがわ》からの反撃。ムクドリの群れのように集団で飛び回っていた二等辺三角形の自爆型無人機『スネークヘッド』が垂直に落ちてきたのだ。一発一発で携行式ロケット砲の弾頭に匹敵し、群れで落雷のように鋭く襲いかかれば戦車の車列くらいまとめて全滅させかねないほどの火力であった。

しかし気にも留めない。

クリスチャン＝ローゼンクロイツの髪の毛一本焦がす事すらありえない。

「ふむ」

つまり、銀の青年にとっては一事が万事こうだった。

己のやりたい事、快楽のみに従って行動する。

アリス＝アナザーバイブルやアンナ＝キングスフォードの死。あれから半日近く経過しているにも拘《かかわ》らず、クリスチャン＝ローゼンクロイツは自分が『再誕』した第一二学区にまだ留《とど》まっていた。

理由はシンプルだった。

「……大体興味を抱いた事は全部試してしまったし、ではそろそろ動くかのう」

ＣＲＣの目玉がギョロリと動いた。初めてその意識が外に向いたと、その場にいる誰もが理解したはずだ。

「どうか楽しませておくれ」

光が圧縮された。

音が消失した。

いきなり六〇トンもある戦車が真上に吹っ飛ばされた。警備員達《アンチスキルたち》は何が起きたか理解できなかった。一番分厚い戦車が瞬殺であれば、それより薄い装甲車や駆動鎧《パワードスーツ》では太刀打ちできない。まして普通の体に防弾耐刃程度の軍用ジャケットを着た警備員《アンチスキル》など紙切れ同然である。

チリチリという気配があった。

クリスチャン＝ローゼンクロイツの意識が傾いた場所が爆発する。

理屈ではない。

もはや迷信的な確定であった。まずそういうルールがあって、軽視した者から順番に爆発に巻き込まれて宙を舞う。そんな世界が広がっていた。

装甲車が全方位からグシャグシャに押し潰され、ビリヤードのように撃ち出されてバリケード代わりの装甲バス《ごそうしゃ》の群れが吹っ飛んだ。泡を食って逃げる警備員《アンチスキル》の上に何かしら壊滅的なダメージを受けた攻撃ヘリが落下してくる。爆発に、悲鳴に、そして獣のような唸《うな》りがあった。

警備員側《アンチスキルがわ》も折れていなかった。

「囲め!! 全隊に伝達、現座標を最重要危険エリアに指定し、防衛線を多重に築け。これは最優先だ!!」

この時点で、警備員達《アンチスキルたち》は目の前の誰かを指名手配犯の関係者として認識していた。これまでも人智《じんち》を超えた力で警備員《アンチスキル》を引《ひ》っ掻《か》き回《まわ》す、絶大な力を持った『個人』を確認していたからだ。

ガリガリというアスファルトを削る音があった。

いきなり主力の戦車がやられたが、まだだ。一五五ミリの野戦砲に重迫撃砲、普通の警備員《アンチスキル》だって対戦車ミサイルを肩に担《かつ》いで歯を食いしばっていた。

号令があった。

「射線を計算！　危険域を策定!!　撃てエ!!!!!!」

対して、クリスチャン＝ローゼンクロイツは呆《あき》れたように息を吐いた。

「興味が湧かんのう」

爆発があった。

しかも複数の方向から連続して。

音の速度をはるかに超える巨大な砲弾は発射直後にその大部分が剝離し、結果中心にあったタングステンの芯に全運動エネルギーを集中させる。分厚い複合装甲を溶かしながら穴を空けていく特殊弾頭がまともに直撃した。肉と骨でできた人間など一発でぶち抜いてバラバラに吹き飛ばし、残った下半身は倒れる事を忘れてしまうほどの破壊力を有していた。

だが、

「つまらんと言っておる」

無傷。

であった。

それで今度こそ見ている皆の心が折れた。銀の青年は容赦をしなかった。爆発し、爆発して、宙に舞わせて吹き飛ばしていく。警備員達《アンチスキルたち》の悲鳴が連続し、路上で倒れた隊員を安全な場所まで引きずって手当てをするためのサイクルすら途切れる。

「……、」

だから。

その若い警備員《アンチスキル》は置き去りにされたのではない。

すでに周りには、まともに動ける人間など誰も残っていなかったのだ。

悲鳴と赤と爆炎しかない世界で、クリスチャン＝ローゼンクロイツは悠々と歩いている。

こちらを見て、足を止める。

意識を傾けられた場所から爆発していく。そんなルールのある世界で。

「やめてほしいかえ。しかしここで叩《たた》き潰《つぶ》す事に勝るほどの興味が他にあるかのう？　あるなら是非とも見せてほしいものじゃが」

つまり、それが全てだった。

彼の世界では、ペットボトルについている応募シールと人間の命は同じ価値でしかない。

束《つか》の間《ま》、ＣＲＣの顔から笑みが消えた。

「なければここでしまいじゃな」

ゆっくりと、ローゼンクロイツはその手をかざす。

戦車を爆破し攻撃ヘリを難なく撃墜してみせた、あの掌だ。

「あ、ぅあ……」

どうにもならない。

へたり込んだまま動けない警備員《アンチスキル》が、震えながら呟《つぶや》いた時だった。

「待てよ」

一言だった。

『少年』が来た。

2

一つだけ、上条《かみじょう》の利になる事はあったのかもしれない。目の前にあまりにも強大な敵がいる。だからその対処に没頭していると、当たり前の哀《かな》しみを忘れられる。それがなければ上条《かみじょう》はアリス＝アナザーバイブルを失った衝撃でそのまま心を潰されていたかもしれない。

だから感謝をしろって？

ふざけるな。

「……、」

真っ赤に染まる夕暮れだった。

上条当麻《かみじょうとうま》とクリスチャン＝ローゼンクロイツ。

どこにでもいる普通の高校生が銀の化け物と一対一で対峙《たいじ》できてしまっている事実に、へたり込んだままの警備員達《アンチスキルたち》はまだ認識が追い着かないようだった。そんな事はありえないと、彼ら警備員《アンチスキル》の心の中ではすでに屈服が始まっている。

睨《にら》みつけたまま、上条《かみじょう》は傍《かたわ》らの警備員《アンチスキル》に言った。

「アンタ、まだ体は動くだろ。あっちこっちに倒れているお仲間を引きずって安全な場所まで逃げろ。後悔したくなけりゃ今すぐに」

「……ほう。この老骨がそれをわざわざ右から左に見逃す理由は何じゃと思う？」

「簡単だ。この俺が、脇道に走る暇なんか与えねえ」

わたわたと、腰が抜けたまま警備員《アンチスキル》が動き出した。一人で逃げ出すのではなく、傷ついて動けない同僚をどうにかして戦線から離脱させるために。

クリスチャン＝ローゼンクロイツはにたにたと笑っていた。

彼の注目をこちらへ集める事には成功したらしい。

「この老骨、似たように突っ込んで同じように瞬殺では興味も湧かないんじゃが」

「……心配すんな。そんな事にはならねえよ」

「それは楽しみ☆　……アンナとやらをただ殺すだけでは退屈だからのう？」

その言葉を耳にして。

上条当麻《かみじょうとうま》から一歩前に踏み出した。

クリスチャン＝ローゼンクロイツはわずかに驚いた顔をした。

常に、いかなる時も、自分の方から先に出るとでも思っていたのかもしれない。

銀の青年もまた楽しげに前へ進む。

一度流れができてしまえばもう止まらない。

そう思っていた矢先だった。

『ちゃんちゃんちゃらーん♪　猫ちゃんを愛する優しい皆様へ。ご自宅の猫ちゃんが可愛《かわい》いのは良く分かりますが、無計画に猫ちゃんの子供をたくさん作るのはやめましょう。数が増えてお世話ができなくなって哀《かな》しむのは猫ちゃん達です』

近くにペットショップがあるらしい。この戒厳令ではお店自体はやっていないし、動物の鳴き声はしないから店員達が預かっているのだろうが、液晶画面の広告だけはそのまま動いている。人が通りかかると作動するのかもしれない。

直後の出来事だった。

だばドバあっ‼ と。

ローゼンクロイツの両目から大粒の涙がこぼれた。

何かの間違い、とかではない。

上条《かみじよう》の見ている前で、大粒と大粒が合体し、もはや頬で一本に繋《つな》がって滝となり細い顎の下まで伝っていた。

「な、ちょ、オイ。何やってんだ、お前⁉」

「だって、なあ、猫ちゃんが、こんなに可愛《かわい》い子猫達が、かわいそうでかわいそうで」

上条《かみじよう》は本気で目を剝《む》いていた。

こいつ、一分前まで警備員《アンチスキル》をズタボロにしていたのを覚えていないのか？ 何をどうやったらあれだけの暴力の渦と猫ちゃん可哀想《かわいそう》が同じ引き出しに収まるのだ⁉

恐るべき流されやすさであった。

状況を全く無視してぐじぐじと鼻を鳴らす伝説の魔術師クリスチャン＝ローゼンクロイツ。

では、な、い。

ではなく。

そもそもこいつは世界の命運とか人類の行く末とか、そんな大仰な目的のためには動かない。

計画性ゼロ、その時その場で自分が興味を持ったもののために全力を注ぐ魔術師なのだ。

ただし、持っている力は絶大。

アリス＝アナザーバイブルを瞬殺するほどの力が、どこに向けられるかも予測できない。

「人間を殺そう！　人間を全部殺そう‼　どうせ口で言っても約束守らないヤツは守らないのじゃ、人間なんか端から全部殺してしまえば丸く収まる。ふははこうしてこの世界から不幸になる猫ちゃんはいなくなるのじゃアッ‼‼‼」

「こいつこのや……クソッ⁉」

勢いで叫び返そうとして、上条《かみじょう》は慌てて首を横に振った。

こめかみに何かぬめる感触があった。自分の血だ。

おそらく何かしらの魔術だろうが、正直喰《く》らってみても何をされたか少年には分析できない。

何にせよとっさに動かなければ今の一瞬で首から上が丸ごと吹っ飛んでいた。

だばだば泣きながらローゼンクロイツが叫んでいた。

普通に殺傷力は健在であった。

「人間みんな殺す‼」

「〜〜〜っ、ちょっとは自分の力の大きさを考えろこの馬鹿野郎‼‼‼」

右拳を握り締めたが、届かない。

距離がある。

相手の方がわずかに早い。

ゴドン!!　と、ローゼンクロイツの背後に何か重たいものが落ちた。

直径二メートルほどの銀色の球体だった。

一瞬、上条《かみじょう》の頭の中にある常識を司《つかさど》る部分が高層ビルを破壊するための巨大な鉄球だと判断しかけたが、違う。その球体には潜水艦の水密扉にあるような丸いハンドルがついていた。

「『プネウマなき外殻』っ、ぶぷっえぐ」

ＣＲＣが涙混じりに笑った。勝手に感極まっている。

銀の青年、ローゼンクロイツはステップを踏むように己の足を捌《さば》く。

魔術とは関係ない。

なんて事はなかった、地面に咲いている小さな花を軽く避けただけだ。

「うう、ひぐっ。まあ同系の魔術師とかち合った時に遭遇しておるかもしれんな。『薔薇十字《ローゼンクロイツ》』系統の中に出てくる霊装《れいそう》じゃ。石や角の刀剣ならば刺突や斬殺、植物の荒縄ならば絞殺《こうさつ》や圧搾《あっさく》。この老骨でも制御のできんランダムな揺らぎを利用して世界最古となる各種死因に関わる道具を出し、それぞれに由来する絶大な攻撃を吐き出す凶暴極まりない死の塊じゃよオ！」

（……チッ!!　やっぱりアンナよりも上の位置に立ってやがるか!?）

暴れ回る己の心臓を自覚しつつも、しかしこれは同時にチャンスだ。

アンナ＝シュプレンゲルとクリスチャン＝ローゼンクロイツが同系だというのであれば、規模の大小こそあれヤツが使ってくる術式の系統だって自然と似通ってくる。つまり冷静に観察すれば良い。ヤツの攻撃は既知だ。得体の知れない伝説の中ではなく、これまで実際に『薔薇十字《ローゼンクロイツ》』に君臨し魔術結社を守り続けてきたアンナを一度は倒した上条当麻《かみじょうとうま》であれば、戦っている内に『見た事のある』魔術が顔を出すかもしれない。つまり、そこが最大のチャンス。ローゼンクロイツ自身もそれに気づいているから、ランダム性の高い『プネウマなき外殻』を出して上条側《かみじょうがわ》の先読みを潰そうと、言い換えればヤツは無意識に脅《おび》えたのかもしれな

ゴキリッ!! という鈍い音がそんな上条《かみじょう》の楽観を破壊した。

右肩が、苦痛の塊に化けた。

笑っていた。

歪《ゆが》んだ笑みを浮かべながら、クリスチャン＝ローゼンクロイツは離れた場所からこちらに向けて掌《てのひら》をかざしていた。

『プネウマなき外殻』は確かに呼び出した。だけど丸いハンドルには指一本触れなかった。

既知の可能性。

すでに知っている、という安心感すら逆手に取った戦略。

つまりは、

(……ネタバレくらいじゃ弱体化もしない。こっちがピンとくる事も全部分かった上での、オ

トリでしかない⁉︎）

「がアあ‼︎」

彼我の距離など関係なかった。ただＣＲＣはこちらに向けて掌《てのひら》をかざしただけだ。たったそれだけで、灼熱《しゃくねつ》の激痛と共にめきめきと右肩が抉《えぐ》られていく。二本の足では支えきれない。上条《かみじょう》は受ける力に逆らわず自分からスピンするようにして瓦礫《がれき》だらけの地面から足を離した。

こいつは何だ？　分からないがとにかく何かをされている⁉︎

二回目。

三回目の攻撃が続けて襲いかかってくる。

とにかく一回目の衝撃には逆らわず、自分から体を後ろへ吹っ飛ばすようにして回避行動に移る上条《かみじょう》だが、間に合わない。次々と狙いを修正されて追い詰められる。

「ぬ？」

と、クリスチャン＝ローゼンクロイツの破壊がいきなり止まった。

すいっと、その一点だけＣＲＣがよそに逸《そ》れる。

肌というより骨から発するような苦痛に顔をしかめながらも、上条《かみじょう》は目を白黒させる。

何故《なぜ》？　いきなり避けた理由は？　意味が分からなかった。

そこに何かしらの法則性や、もっと言えば起死回生の活路でもあるのだろうか。

そこにあるのは路駐のまま放置されている民間の古い車だった。より正確には丸いヘッドライトが二つと横に長い無骨なバンパー。

笑っているおじさんに見える。

(マジか？　これだけ？　本当にこれだけしかないのかよ!!⁉??)

「……おじさんカワイイ。いかんのう、どうもこういうのを見るとついつい感情移入してしまう。これはもしや、寓意《ぐうい》から秘法の手順や隠れた伝達事項を読み解く時のクセかのう？」

逆に戦慄した。

合理性や戦術など二の次。ほんの気紛《きまぐ》れが全てを決めてしまう。

次の一撃は間もなく来る。

「っ」

右手を強く意識した。

一体何のための幻想殺《イマジンブレイカー》しだ？

歯を食いしばり、上条《かみじょう》は拳を強く強く握り締めて。

「無理に防いじゃダメ!!　とうま、そのまま右手側に倒れてよけるんだよ!!」

叫びがあった。

上条《かみじょう》はとっさに右拳を思い切り振るった。

正面ではなく、真横に向けて。それで重心がほんのわずかに変わる。地面を横に転がる体の速度がブレて、死の攻撃が獲物を喰《く》いそびれる。

ギリギリで回避。

多分クセで幻想殺し《イマジンブレイカー》に頼っていたら、絶大な魔術の奔流を消し切れずに肩や肘をそのままねじ切られていただろうと後から遅れて理解する。

そして。

今の声は。

「い、いんでっくす？」

インデックスと、その肩に乗っているのは一五センチのオティヌス。

痛みも忘れて上条《かみじょう》は倒れたまま見上げていた。

彼女達が悪女アンナ＝シュプレンゲルを助けるために命を懸ける理由なんか一個もない。それでも現実にここまで来てくれた。

別に温かい光が天から降りてきたのでも、目の前で大きな海が割れたのでもない。

だけど、これを奇跡と呼ばずになんと言う？

「何でここにやってきたのかとか、いちいち経緯とか説明している暇があると思う？　そんな事よりさっさと立て直すんだよ！」

「ＣＲＣ、悪いが貴様の『伝説』にいちいち戦《おのの》くほどこの神は安くないぞ。何しろこちらは北欧の軍神、貴様の理屈が根幹にある訳ではないからな」

しかもそれだけではなかった。上条《かみじょう》にとっては信じられない人がここまでやってきていた。

御《み》坂《さか》美《み》琴《こと》だ。

言葉が出なかった。

どうして、という上条《かみじょう》の視線だけで理解したのかもしれない。

美琴《みこと》はちょっと視線を逸《そ》らして、

「べ、別に助けないとは言ってないでしょ。私は他の角度から問題提起をしただけ。一人で勝手に盛り上がってんじゃないわよ、ばか」

あと、気になる事がまだあった。

「？」

何故《なぜ》か、この場に見覚えのない人がいる。

長い金の髪の女子中学生は何のためにこんな危険な場所までやってきたのだろうか？

「気にしなくて良いわぁ。私の方に命を懸けるだけの理由力があったとしても、どうせあなたはすぐに忘れてしまうでしょうからね☆」

そしてクリスチャン＝ローゼンクロイツは何故《なぜ》か全部終わるまで待っていた。

ていうか両目がキラッキラに輝いていた。

まずい。

「興味!!!!!!」

「全員気をつけろっ、馬鹿の攻撃が来るぞおッッッ!!!?⁇」

一点から散開した。

ゴッッッ!!!!!!　と、何が起きたのかCRCの正面、直線上にある空気が急激に焼け焦げる。

はるか後方で歩道橋が千切れて宙を舞う。

掌《てのひら》をかざすのは絶対に必須という訳ではないらしい。

ローゼンクロイツから注目を集める事は、あまりにも危うい。

下手したらそれだけで死ぬ可能性すらある。

銀の青年自身の意志さえ関係ない『暴発』の可能性だって。

何しろCRCの魔術は上条《かみじょう》の幻想殺し《イマジンブレイカー》を使っても消し切れないのだ。基本的に防御など考えてはならない。回避一択。迫りくる死の攻撃に足がすくみ、動きを止めれば即座に喰《く》われる。

そして上条達《かみじょうたち》の中から犠牲者が出なかったのは、単なる運ではない。

不幸人間である上条《かみじょう》はそんなもの信じない。

助かったのには明確な理由があった。

「その体を右に、汝は我らを追い切れない《TBMRYANWC》!!」

「ほう？」

両手を組んで高らかに放つインデックスのそれはまるで歌のようだったが、違う。

『強制詠唱《スペルインターセプト》』。

敵対する魔術師の術式構成を暴いた上で、呪文や記号に酷似はしているが全く違う言葉をランダムに並べる事によって、敵の集中を乱すインデックスの迎撃手段の一つ。

今はわずかに狙いを逸《そ》らしただけ。

だけどまともに絡《から》みつけば、魔術の暴発から敵対する魔術師本人を害する事までできる。

「きひひ。楽しい、楽しい！　ああ、た・の・し・い‼　これがイマドキの魔術というものかえ。欠落はあれどそれを補うために様々なアレンジが施されておる。もはやこいつは新ジャンルの創作料理と言っても良いのではないか？　カビの生えた秘奥《ひおう》を守り続けるだけだったキングスフォードよりははるかに工夫があって面白いのう‼」

おそらくクリスチャン＝ローゼンクロイツの言葉に偽りはないだろう。

だが『あの』インデックスが歯噛《はが》みしていた。

お前のそれは情報が足りず、歪《ゆが》められ、オリジナルには到底達していないと断じられているのだ。自分の人生をなげうって一〇万三〇〇〇一冊以上の魔道書を記憶し続けてきたインデックスからすれば、それは侮辱以外の何物でもない。

一生懸命フランス料理の修業を続けてきたシェフが作った渾身《こんしん》の一品を、面白い和風アレンジですねと鼻で笑われるような一言。

こいつはきっと、人を苦しめて追い詰める方法を熟知している。

それも全部自分の悦楽のためだけに。

しかし現実が追い着かない。

「ごっ⁉」

美琴《みこと》が呻《うめ》いた。

磁力を使って盾としてとっさに構えた電気自動車が爆発した。巨大なリチウムイオンバッテリーの白っぽい爆発に体を叩《たた》かれた少女が後ろに吹っ飛ぶ。

インデックスの指示だけでは回避できない。

彼女の『強制詠唱《スペルインターセプト》』だけではローゼンクロイツの狙いを逸《そ》らす事もできない⁉

「っ？　おかしい、私の中にある魔道書と知識が嚙《か》み合《あ》わないんだよ……ッ⁉」

「くひひ。そりゃ当たり前じゃろう」

ＣＲＣは楽しげに笑っていた。

注意しないと腹を抱えてしまう、といった顔で。

「レシピ本をめくるだけでシェフになれるかえ？　あくまでも書物の知識の集まりでしかない図書館と、ナマの知識や技術を手足の先まで浸透させておるこの老骨では、使える叡智《えいち》は同じであっても利用できる幅が全く違う。ふふははは。紙に書かれた文字の列だけで実際に指先を操るこの老骨を上回るとでも思ったかえ‼」

「っ、食蜂‼‼‼」

ひどく、とてもひどく、懐《なつ》かしい響きのある名前を御坂美琴《みさかみこと》が倒れたまま吼《ほ》えた。

蜂蜜色の少女がとっさにハンドバッグの中からテレビのリモコンを取り出した。だがそこで彼女の動きが硬直する。両目さえ見開かれたまま瞬《まばた》きをしない。

少女の中で、いきなり芯が折れた。

「なっ、うそ……でしょ……？」

「この老骨にかような児戯が通用するとでも思ったのかえ？」

詳しい説明などなかった。

だが異議を挟む余裕などない絶対の宣告だというのだけは、誰の耳にも明らかだった。結果は出た。第五位の力は効かない。それがこの場の全てだ。

こちらの攻撃が止《や》めば、今度はローゼンクロイツから来る。

もう悪い流れ、場の傾きは止められない。

「く……ッ!!」

とっさに少女達より一歩前に出た上条《かみじょう》が右手をかざす。

が、そこで背筋に冷たいものが走った。

アリス＝アナザーバイブルが死んで頭が真っ白になった時。まさに同じ事をやって瞬殺されたではないか。一〇万三〇〇〇冊以上の魔道書を記憶するインデックスだって、その知識を総動員してまず初めに否定したのは上条《かみじょう》の幻想殺《イマジンブレイカー》しだった。これまでがどうとかじゃない、今回ばかりはそんな手段は通じないぞと。

クリスチャン＝ローゼンクロイツはゆっくりと掌《てのひら》を上条《かみじょう》へかざす。

「あああアアッ‼」

砂塵《さじん》と埃《ほこり》まみれのまま御坂美琴《みさかみこと》が吼《ほ》えた。

強大な磁力でも使ったのか。大通りをまたぐ立体交差の高速道路が崩れ落ち、さらに左右から高層ビルが薙《な》ぎ倒《たお》されて道を塞いだ。人工の烈風が吹きすさぶ。戒厳令でエリア一帯から一般人が避難していなければどれだけの数が死んだ事か。

即席のバリケードにしたってやり過ぎだ。

とは上条《かみじょう》は考えなかった。

ずんッッッ‼‼‼と、世界が震えた。たった一度で、見上げるような瓦礫《がれき》の山が崩れた。ガラガラという音を聞けば明白だった。それだけで、すでに壁としての効力は消えてなくなってしまう。

最初のルールが厳然と立ち塞がった。

回避一択。

これまでがどうとかではない、今回だけは防御など考えてはならない。

崩れた山の向こうから爛々《らんらん》と輝く眼光があった。

ヤツは楽しげに笑っていた。

「……こんなものかえ？　渾身《こんしん》を込めて、たったの一〇秒とは」

「ッッッ!!⁉⁇」

恐怖が胃袋を締め上げた。

まだ何か始まる前から、その異質な喜びだけで上条達《かみじょうたち》は足を地面に縫い止められていた。

ローゼンクロイツの歩みは阻止できない。

ヤツの方から来る⁉

「くっ、違う違う。こんなものではないじゃろう？　わざわざこの老骨の前に立ち塞がってくれたのじゃ。さあさあもっとこの老骨を楽しませておくれェ!!!!!!」

3

ズバヂィ!!!!!! と。

クリスチャン＝ローゼンクロイツの叫びと同時、白が世界を埋め尽くした。

4

一瞬、上条《かみじょう》は自分の記憶が繋《つな》がらなくなっていた。

ハサミで切ったフィルムとフィルムが噛《か》み合《あ》わないというか。

CRCの絶大な一撃は、肉体のみならず精神の領域にまで侵蝕《しんしょく》してきた。

い、い、い、いというのではない。

「ぐっ……」

呻《うめ》くとこめかみの辺りに鈍い頭痛があった。そう、これは太陽を長く見上げている時に起きる痛みに似ている。

つまりは、

（強烈な閃光《せんこう》……。御坂《みさか》のヤツ、とっさに激しい火花でも散らしてローゼンクロイツの目を眩《くら》ませようとしたのか）

回避一択。防御など考えてはならない。

確かにルールから逸脱していない。対ローゼンクロイツ戦においても『有効』だったのだろう、おかげで上条《かみじょう》はまだ死んでいない。……ただし一度見せてしまった以上、安易な二回目がそのまま通じるほど甘い相手とは到底思えないが。

インデックスや美琴達《みことたち》は見えなかった。

服の中にずしりとした違和感があった。首元を広げて中を見てみると、掌《てのひら》より大きな鉄板が入っている。美琴《みこと》のヤツがとっさに磁力で上条《かみじょう》の体を遠くにまで吹っ飛ばしたのだろうか？

上条《かみじょう》自身《じしん》には何かをしている余裕もなかった。

構わない。

恐怖を感じる事それ自体は悪い話じゃない。だからこそより多くを観察し、深く考え、突破口を見出《みいだ》す機会を得られるのだから。目の前の恐怖に対し分析を諦めて体が震えに支配され動けなくなった時、本当の屈服は待っている。

「にしても、ここは……？」

うずくまったまま、ゆっくりと首を振る上条《かみじょう》。

元々は喫茶店と融合したお洒落《しゃれ》なコインランドリーだったのだろうか。どうやら今まで、無意識の内に瓦礫と化した建物の物陰に寄り添って身を隠していたようだ。

正確な位置関係は不明。

ただし、現在、ローゼンクロイツはこちらを見失っている。はずだ。

しかし安心もしていられなかった。

ヤツは黙っていれば第七学区の病院までずんずん歩いていってしまう。誰も止めなければ実際にそうなる。その場合、窮地に立つのはアンナ＝シュプレンゲルと、悪人と分かっていても助けようとして死力を尽くしてくれる病院の人達になってしまう。

彼らに押しつける訳にはいかない。

これは上条《かみじょう》自身《じしん》のわがままだ。負債やリスクも自分で背負うべき。歯を食いしばり、壁に手をついて、少年はうずくまった状態からゆっくりと立ち上がっていく。

まだやれる。

（……インデックスや美琴達《みことたち》はどこだ？　ローゼンクロイツが向かってないと良《い》いけど）

その時だった。

「へーい。何やら気張って天敵なき化け物に挑み続ける絶望戦争状態頑張っとるみたいだけどばい、わらわも助けに来てやったずらよ坊やー」

なんか妙に間が延びたお姉さんの声が聞こえきた。しかもありえない事に頭上から。

と思ったら、

「おっと着陸失敗ぞ」

「ぶはあーっ⁉」

上条《かみじょう》の視界が消失した。コウモリみたいな翼を使って天から降ってきた『超絶者《ちょうぜつしゃ》』ボロニイサキュバスが上条《かみじょう》の顔を左右の太股《ふともも》とその他で包み込んだと気づくまで数秒もかかった。その他とは何だとかもう具体的に説明したくねえ。簡単に言えば上下で逆向き肩車である。こう、アルファベットで言ったらSの字っぽい。

「ぶぶぼばちょぶ早くこれぶぶどいてばばばぶちょっと！」

「んんっ……、熱い息をそんなトコに吹きかけるでないわ馬鹿もん」

「あがもご早くどいてーっ‼」

サキュバスさんが大変サキュバスさんらしい事をやってる間に、別の足音も近づいてきた。

どうにかしてお股トラップ（⁉）から脱した上条《かみじょう》は確保した視界に彼女達を収める。

「この状況でも不謹慎に走るのは悪魔側の特性ですか？　それとも少年の側？」

「たのしそう」

『旧《ふる》き善《よ》きマリア』に処罰専門のムト＝テーベ。

そして魔女達の女神アラディア。

「……アンタが、呼びかけてくれたのか？」

「行き場を失っていた連中が勝手に集まっただけよ」

目を合わせず、素っ気なく言うアラディア。

ただ、彼女達『超絶者《ちようぜつしや》』はアリス＝アナザーバイブルやアンナ＝シュプレンゲルとは違う。

つまり勝手な思いつきで気紛《きまぐ》れには行動しない。『救済条件』を機械的に並べて合致した者だけを助ける、という行動を一貫して取る以上、生き残った全員をまとめて一つの方向に目を向けさせるだけで、それこそ絡《から》んだ糸をほどいて難解なパズルに挑むような地獄が待っていたはずだ。

例えばムト＝テーベ。

処罰専門の『超絶者《ちようぜつしや》』である彼女が、アンナ＝シュプレンゲルのために戦うというのは根本的な矛盾さえ感じる。直近、散々アンナを追い回したのは褐色少女本人なのだから。

当のムト＝テーベはきょとんとしたまま首を傾《かし》げただけだったが。

「アンナ＝シュプレンゲルにはすでに『矮小液体《わいしょうえきたい》』を直撃させた」

「っ」

上条当麻《かみじょうとうま》の胸の真ん中を鋭く抉《えぐ》るような一言だった。

それは決して変える事のできない一つの事実。

ただし、だ。話がそこで終わらなかった。

「その時点で処罰専門としてのわたしのタスクは終わっている。アンナがその後にどうなろうが、勝手に幸せになってもそんなのわたしの知った話じゃない。あの心肺停止状態では『橋架《はしかけ》結社《けっしゃ》』の脅威にならないし、H・T・トリスメギストス達が懸念《けねん》していた情報漏洩源《じょうほうろうえいげん》になるとも思えない。わたしは厳罰をもって己の定めた一集団を守る『超絶者《ちょうぜつしゃ》』ムト＝テーベ。今、より強大で直接的な『橋架結社《はしかけけっしゃ》』の脅威はクリスチャン＝ローゼンクロイツとみなすべき」

「……つ、つまり、今は俺達を助けてくれるのか？」

「？　あなたはわたしの『救済条件』に当てはまらないけど？」

ムト＝テーベ、結局敵か味方かどっちなのだ。

こういう所を見ると上条《かみじょう》は本当にこう思ってしまう。

機械的な検索条件の列さえすり抜けてしまえば、死の刃はいくらでもかわせるのだと。

ただし、あれだけの力がどっちに向くか分からないという点では、本能に従うだけの気紛《きまぐ》れな猛獣とはまた違った意味で恐ろしくもある。死んだふりをすれば興味をなくすとか、手懐《てなず》ければ襲われなくなるとか、そういった生物的なチャンスはない。なんていうか、もっと非人間的というか、ぶっちゃけるとドローン兵器臭いのだ。力だけなら強大だけど善悪好悪《ぜんあくこうお》どれでもなく誤検知で殺されかねない薄ら寒さが常について回るというか。

中立、というのはこの場合、いつ背中を撃たれるか予測できないとも言える。

駆けつけてくれたはずのムト＝テーべちゃんがちょっと怖い。

今はまだ誤動作をしていない褐色少女自身は普通にきょとんとしているだけだが。

『超絶者《ちょうぜつしゃ》』、中でも処罰専門のムト＝テーべ。

この中ではおそらく最も接点が少なく、説得の難易度も高いであろう『超絶者《ちょうぜつしゃ》』。だけど上条《かみじょう》としてもそんな前提に脅《おび》えて引っ込み思案を出している場合ではない。

ローゼンクロイツは全ての『超絶者《ちょうぜつしゃ》』の殺戮《さつりく》を望んでいる。

それも退屈しのぎの面白半分に。

必要な事を伝えずに褐色少女が命を落としてしまったとしたら、そいつは上条《かみじょう》の責任だ。だから怖くても、おっかなびっくりでも、今は手を取り合って情報を共有しなくては。

「す、すぐ近くにクリスチャン＝ローゼンクロイツがうろついているって事は知ってるか？」

「まあ大体は」

「まともにやって勝てる相手じゃない。でもそういう意味じゃ『超絶者《ちょうぜつしゃ》』なんて虎の子も虎の子だ。特にムト＝テーべがこの場にいてくれたのは大きい。お前はとにかく第一八学区、今すぐ後ろに下がってくれ。最低でも二つ分、そうだな、第三防衛線まで向かってほしい」

上条《かみじょう》は台風の予想進路みたいに言う。

「ヤツは最短だと第一二、第二三、第一八、第七学区のルートを通るはず。仮に第一二、第六、第五、第七学区に逸《そ》れるにしても、お前なら第一八学区からそのまま砲撃が通る。あらゆる人間や物体の影を取り込んで自分の力に変える『デッドフェニックス』があれば、できる事の幅が全然変わってくる。いきなりあの化け物と接近戦でぶつかるより、長い距離をまたいで安全に打撃を浴びせていく方が絶対に良《い》い‼」

悪意ではない。

純粋に不思議そうな顔で、ムト＝テーベは首を傾《かし》げていた。

「何でわたしがそんな事？」

「だって火力だけならこの中じゃお前がシンプルに一番強い。どんな影でも吸い込んで自分の力に変える『デッドフェニックス』があれば次世代兵器なんか使いたい放題だ、学園都市《がくえんとし》っていう環境に一番合ってるし。こんなのお前にしか任せられないんだ‼」

褐色少女はそのまま停止。

瞬《まばた》きを二回してから、薄い胸を張っていた。

真正面にいる上条《かみじょう》にではなく、何故《なぜ》か傍《かたわ》らにいた『超絶者《ちょうぜつしゃ》』のお姉様方へと。

「ふふ。わたしが最強、いちばん輝いてる。へっへへーっ♪」

「「「イラッ☆」」」

アラディアやボロニイサキュバスどころか、冷静ママの『旧《ふる》き善《よ》きマリア』まで加わっていた。ただの高校生、上条《かみじょう》一人の評価なんて正直どうでも良《い》いだろうに。……それともまさかと思うがこいつら、同じ『橋架結社《はしかけけっしゃ》』の中でも目に見える強さランキングにいちいちこだわる系なんだろうか？　切磋琢磨《せっさたくま》の仕方がやろう小説やVRチューバーと同じ感じになってる。

瞳は無感情ながら何やら口元のニヤニヤが止まらないムト＝テーベちゃんは、

「……まあCRCに有効な一撃を与えられるなら何だって。わたしの今の『救済条件』は『橋架結社《はしかけけっしゃ》』という一単位を世界全体から区切って守る事』。CRCが面白半分に『超絶者《ちょうぜつしゃ》』を狙ってくるのであれば、アレを倒してしまうのが一番手っ取り早い」

「あれ？　おい待てよ、ひょっとして頭の下げ損か今の？」

「きちんとお願いしてくれないとわたしは一人で勝手に動く」

上条当麻《かみじょうとうま》、四五度どころか怒濤《どとう》の九〇度で頭を下げた。ジャパンジンの血に宿るサラリーマン精神が突如として覚醒したのだ。

両手を細い腰にやり、小さな鼻から満足げに息を吐く褐色少女ムト＝テーベは、

「ひとまずわたしが第三防衛線とかいうトコまで下がるのは了解として、大きな兵器を取り込むのには時間がかかるよ。あと、必要以上にずんぐりしちゃったら自分で歩き回るより固定砲台として専念した方が効率的だと思う」

「それが?」

まあ上条《かみじょう》としても、前に見たような数百メートルサイズの巨体でその辺ずしんずしん歩いてほしくはないのだが。それではどっちが街をぶっ壊しているか分かったものではなくなる。

「その場合照準はどうするのって話。わたしの方で街の中からCRCを捕捉する照準装置も取り込むか、あるいは最前線にいるあなたから指示をもらうか……うう!、さむいさむい」

なんか途中でいきなりギブアップがきた。

というかムト=テーベが何かくいくい引っ張ってきた。何かと思ったら上条《かみじょう》のコートの内側にくるまり、勝手にぬくぬくし始めている。

コンビニの前にある電飾看板をコンセントから引っこ抜いてスマホの充電を始めちゃうワルいジョシコーセーよりも厚かましい行いにボロニイサキュバスが目を剝《む》いた。

「何ぞ何ぞ恋人かよずら? えっちなサキュバスお姉さんですら初めて会った時からオトコの上着は使えるなーとは思ってもそこは自重しておったというのに!」

しかしムト=テーベ、日本の冬が堪《こた》えるなら何でビキニ(難易度ノーマル)より余裕で布面積が少ないコスプレ(難易度ハラキリクレイジーナイトメア)してるんだ。全裸に包帯で表をうろつく『魔神《まじん》』ネフテュスといい、古代エジプトの人はこうじゃないと気が済まないのか?

ムト=テーベはメンタルが鉄の人だった。

人様の防寒着を勝手にシェアする寒がり少女はしれっとかく語りき。

「わたしは別に好きでこんな格好している訳じゃない。自分自身の影をそのまま地面に落とさないと術式が作動しないから、やむなく合理的な選択をしているだけ。この一月の寒空の下、誰も頼んでないのに趣味で脱いでいるそっちの露出マニアどもと一緒にしないでほしい」

「ママ様まで魔女達の女神やインラン悪魔と同じ枠にざっくり入れないでください。ママ様はいたって普通です、これまで安易な露出やお色気などに手を染めた事は一度もありません」

「あア？　領事館ではみんな揃《そろ》ってお風呂《ふろ》に入っておきながらこいつ一体何を」

同じ『超絶者《ちょうぜつしゃ》』の中でバチバチが発生してしまっている。

しかもあっちこっちで多角的に。

「一人だけ優等生みたいな事言いやがって、これまでの傾向的に考えてどうせそなたもそのお堅いロングスカートの下はえげつない下着たい！　見た目は涼しい顔でも実はこっそりどギツいぱんちーとか、わらわ達よりよっぽどぼっけえヘンタイ的ぞ‼」

「確定のない推測はやめてください。ママ様はあなた達のような超人ヘンタイ枠とは違うのです、見たまんまあくまでも清楚《せいそ》でかわゆいママ様なのです」

「わらわのワンピーススコルセットからアリス懲罰モードの革衣装まで、『超絶者《ちょうぜつしゃ》』女性陣を全部並べてみれば共通点くらい分かる話ずら」

「おやおや実際にこのスカートをめくったのですか？　中が見えない限りは無敵。確証、確たる証拠の欠いた糾弾などあなたの最も嫌う冤罪《えんざい》を誘発するだけですよ」

ぐっ⁉　とあのボロニイサキュバスが珍しく怯《ひる》んでいる。

これCRCとぶつかる前に空中分解しないだろうか、と上条《かみじょう》が遠い目をした時だった。

「別に、アンナのヤツを助けるって話ではまとまってないばい。あれは冤罪被害者《えんざいひがいしゃ》ではなく、ただの加害した悪女だからの」

ボロニイサキュバスがこう言ってきた。

『超絶者《ちょうぜつしゃ》』らしく率直に。

怖いくらい己の条件を整然と並べて。

「クリスチャン＝ローゼンクロイツが『超絶者《ちょうぜつしゃ》』全部殺すって方針だけならわらわ的にはさほど問題じゃないずら。……ただ、アレは世界を救うような存在ではなかった。放置しておけばわらわ達が守りたかった『救済条件』を含めて、ぼっけえ世界の全部が壊されてしまうのは自明の理ぞ。なら死力の一つも尽くしてやっても構わんずら」

『救済条件』。

未《いま》だに自分で作ったくびきから外れていないのはやや不安ではあったが、今は手に取れる仲間は全部引き入れておいた方が良《い》い。

自分以外の弱者を守るために死力を尽くす。

それだけであれば、ちっぽけな少年よりよっぽど正義を使いこなしているかもしれないし。

と、そこで上条《かみじょう》の視界が一人の『超絶者《ちょうぜつしゃ》』を捉えた。

『旧《ふる》き善《よ》きマリア』。

とっさに、だった。

思わず言いかけて、全く意味のない問いかけだと遅れて上条《かみじょう》は気づいた。

「アリス、は」

彼女もまた無言で首を横に振る。

大きな帽子がもの悲しく揺れていた。

『旧《ふる》き善《よ》きマリア』でも『矮小液体《わいしょうえきたい》』にやられたアンナは助けられない。その根拠は『ただの「超絶者《ちょうぜつしゃ》」では欠片《かけら》とはいえアリス＝アナザーバイブルの力には抗《あらが》えないから』だったはず。

死んでしまったアリス本人へそう簡単に干渉し、すでに決まった死を覆《くつがえ》せるとは思えない。強過ぎるが故に誰にもあの子を救えないというのは、どういう皮肉なんだろう？

「そうか……」

上条当麻《かみじょうとうま》は呟《つぶや》いた。

分かり切っていた事ではあったが、改めて外から突きつけられると胸に刺さる。あらゆる人間を死後ゼロ秒まで戻す事で、どんな死人にも心肺蘇生《しんぱいそせい》のチャンスを与える『旧《ふる》き善《よ》きマリア』の『復活』。あれを使ってもアリスはもう助からない。そしてアンナだって。

ドミノは途切れた。

アンナについてはカエル顔の医者の戦争だ。

上条《かみじょう》は上条《かみじょう》でやらなくてはならない事がある。クリスチャン＝ローゼンクロイツ。あんな怪物を病院まで到達させる訳にはいかない。

それからここにはH・T・トリスメギストスはいなかった。

ローゼンクロイツ出現時にやられてしまったのか。もしくはアリス＝アナザーバイブルという主を失った事で、『橋架結社《はしかけけっしゃ》』という枠の中にいる意義もまたなくしてしまったのか。

……そもそも、『復活』を自由に使える『旧き善き《ふるよ》マリア』がいても、集まったのはこれだけなのだ。『橋架結社《はしかけけっしゃ》』が総力を注いで成し遂げた儀式。全部で何人いたか知らないが、学園《がくえん》都市《とし》には相当の数の『超絶者《ちょうぜつしゃ》』が結集していたはずなのに。

あるいは、心停止ゼロ秒まで肉体を戻しても単純に心肺蘇生《しんぱいそせい》に失敗したのか。

あるいは、心肺蘇生《しんぱいそせい》には成功したが戦意を喪失して逃げ出したのか。

そこまでは分からないが。

「わらわ達も一度はアレに敗北しておるばい、クリスチャン＝ローゼンクロイツがどれだけ邪悪で脅威的かは知っとるずらよ」

「でも、あいつはこのままにはしておけない」

「分かっています。正面からの力業で何とかなる相手ではない以上、ママ様達に必要なのは観察と準備。つまり一度行方を晦《くら》ませて安全を確保し、仕切り直す事です。ですからローゼンクロイツに気づかれない内に立ち去り、距離を取り遮蔽物を確保しなければ活路はありません」

言っている事は理路整然としていた。

恐怖に呑《の》まれていなかった。

『超絶者《ちょうぜつしゃ》』は上条《かみじょう》とは違う。知らないのではない。負けて敗北して死の恐怖を味わった上で、なお理性と知識を武器に極大の敵へ立ち向かおうとしている。

「ムト＝テーベ。貴女《あなた》も」

アラディアが一番危ないムト＝テーベに声をかけた。

あるいは『危ない』とはっきりしている分、実は『救済条件』とやらの誤検知誤動作の問題については一番安全な存在でもあるのかもしれないが。

見た目だけなら最も温和で冷静な『旧《ふる》き善《よ》きマリア』辺りからいきなり背中を撃たれたりしたら、それこそ上条《かみじょう》は目も当てられない事態になると思う。

「どんな兵器の影から取り込む？　あるいは、あなた達『超絶者』の影を先に吸っておいて、いざという時の保険にしておく事もできるけど。この戦場難易度だと『旧《ふる》き善《よ》きマリア』の『復活』は複数残しておいた方が良さそうではあるし」

その時だった。

ぞくりという悪寒《おかん》があった。

思わず上条《かみじょう》は視線を投げる。前後左右ではない、上に。

言葉がなかった。

声なき疑問に応じる声があった。

「みーつけたっ、のじゃ☆」

「くそッッッ!!!!!!」

瓦礫の中に残っていた壁、その真上から覗《のぞ》き込《こ》むような声だった。

上条《かみじょう》がとっさに転がると、風景が消し飛んだ。流星のように落下したクリスチャン＝ローゼンクロイツが不自然に立っていたコンクリ壁を吹き飛ばしてしまったのだ。

クレーターの中央に銀の青年が立っていた。

にたにたと笑うローゼンクロイツは、明らかに新しい獲物を見つけて喜んでいた。

まずは仕切り直し。

活路を得るためには、ヤツに見つかってはならない。

細い細い糸のような、しかし、ようやく掴《つか》みそうになった確かなチャンス。

一撃で砕いてきた。

「っっっ」

恐怖に心臓を鷲掴《わしづか》みにされる。

だけど硬直しているだけの余裕すらない。

上条《かみじょう》は赤衣のクリスチャン＝ローゼンクロイツを睨《にら》みつつ、片手を水平に上げてすぐ近くの褐色少女を体で庇《かば》う。そのままムト＝テーベに叫ぶ。

「お前は早く第三防衛線へ行け!!　ありったけの次世代兵器の影を蓄えてこい！　安易な格闘なんかでムト＝テーベを消費してたまるもんか、お前だけは何があっても絶対に逃がす!!」

「きゅーん☆」

変な音があった。

いや今のは声だったのか？　ぎょっとして上条《かみじょう》が振り返ると、褐色少女が薄い胸の前で両手を組んでいた。そして何故《なぜ》かほっぺたが薄紅色に染まっている。

何が起きたの？

キホン無表情なのに瞳うるうるなムト＝テーベに噛《か》みついたのはボロニイサキュバスだ。

「この危機に吊《つ》り橋効果《ばしこうか》でハートを射貫《いぬ》かれとる場合かえっ!?　今までオトコと接する機会がなくて全く免疫ないからって、いくら何でもぼっけえ惚《ほ》れっぽすぎるばいムト＝テーベ!!」

「えっ、なにそれ照れｒ」

「ただムト＝テーベの得意技は追撃戦だから、関心のあるものは徹底的に追い回すと思うけれど。良かったね据え膳が転がってきて。刃物と銃器を山ほど抱えた熱烈ストーカーならとりあえず何があっても浮気《うわき》の心配はないでしょうしきちんと本気の愛を受け止めてあげるのよ？」

(何故《なぜ》か必要以上に冷たい目をした)アラディアお姉ちゃんからの指摘に上条《かみじょう》の肩がビクッと震える。ムト=テーベ、どうやら愛の重さでブラックホール作れちゃう系の人らしい。迂闊《うかつ》に触れて呑《の》み込《こ》まれたら最後、時間も空間もなくなって三六〇度どこにも逃げられなくなる。

……あとさっきから言葉の端々にふんわり匂っているのだが、どうも『超絶者《ちょうぜつしゃ》』女性陣の間ではH・T・トリスメギストスは諸々《もろもろ》対象外らしい。リアルに消息不明だっていうのにもしや全くいらない所で流れ弾が直撃していないか青年執事?

気紛《きまぐ》れに暴虐を振るうクリスチャン=ローゼンクロイツからすればどう映ったのだろう。少なくとも、目の前の会話を遮っていきなり攻撃してくる事はなかったが?

「『超絶者《ちょうぜつしゃ》』か。誤った神装術の乱用により自意識を見失った群れ。一度はまとめて撃滅された身の上じゃ。……前と同じでは興醒《きょうざ》めじゃぞ。わざわざもう再度この老骨の前に立ち塞がった以上、新しい必殺技くらいは編み出してくれたのじゃろうなあ?」

『超絶者《ちょうぜつしゃ》』、それも複数同時。

上条《かみじょう》からすれば全く信じられないが、CRCにとっては脅威として認識されないらしい。

「……何故《なぜ》?」

思わず呟《つぶや》いたのは夜と月を支配する魔女達の女神アラディアだった。

「何故《なぜ》、そこまで徹底的に暴虐を振るえるの? わたくし達は『橋架結社《はしかけけっしゃ》』、自分以外の弱者のために己を捨てて役に入り、結果一つの術式を完成させた者達。『超絶者《ちょうぜつしゃ》』でさえ、そんな風にまず正しさを規定する事で誤爆なく世界へ力を振るうくらいしかできなかったというのに」

まともな会話が通じる相手ではない。

とっくの昔に分かっていても、なお聞かざるを得なかったのだろう。

対して。

それに対して、だ。

「情念じゃ」

鋭い爆発があり、上条達《かみじょうたち》は転がるようにして各々《おのおの》とっさに距離を取った。

どこかの宝飾店でも吹っ飛んだのか、大量の純金や宝石が空から降り注いでくる。

クリスチャン＝ローゼンクロイツの指先が虚空《こくう》をなぞった。

彼は光り輝く貴金属になど興味を示さなかった。

横風に乗って飛んできた小さな白い花を指二本で繊細に摘まむと、破壊されてねじれた高級外車のドアの隙間にそっと挿している。

戦略よりも、利益よりも、まず風流を楽しむ心が最優先。

「遊び心、思いつき、フラストレーションの解消、言葉など何でも構わんがの。きひひ。この老骨、これでも手の中にある『力』の大きさくらいは把握しておるぞ？　故に、この老骨は持っている『力』を他の誰かのせいにはせん。絶対にな。正義だからやった、個人のためにやった、助けるためにやった、それが世界のためじゃった。……そんな風に理由を押しつけた場合、相手の心が壊れてしまうほどには大きな『力』じゃからのう？　誰が何と言ったところで、己の『力』を受け止められるのはその当人だけじゃ。この老骨は情念と遊び心のためだけに『力』を振るう。この結論が、結局は大きな世界に対して一番優しい」

「……それだけ？」

思わず呟《つぶや》いていたのは、尋ねたアラディアではなく傍《そば》で聞いていた上条《かみじょう》だった。

言わざるを得なかった。

「たったそれだけッ!?　善も悪もない。全部が全部本当にその場の思いつき。じゃあお前っ、自分を生み出した『超絶者《ちようぜつしや》』が憎いって話じゃないのか？　今ある世界が許せないとかっていう結論も出ていないのか!?」

「この老骨が、いつこの世界の誰を憎んでいるなどという話をしたのかえ？　何千の年を越えても変わらず未熟な世界、そこに住まう穴だらけで微笑《ほほえ》ましい現状への抵抗運動。くくっ、ローゼンクロイツがいれば全部解決してくれるじゃと？　あっはっはっは!!　可愛《かわ》い可愛《かわい》い、こんなもの、微笑《ほほえ》ましいと呼ぶ以外の評価があるか!?　この老骨は、ただ面白そうな順番で戦う相手を決めておるだけじゃ。だから交ぜてほしいのじゃよ、この老骨もなア!!!!!!」

銀の青年から、どろどろした激情が噴火していた。

好きだから殺せる。

遊び心で滅ぼせる。

焦がれる相手が思い通りにならないから暴れるストーカーともまた違う。あるいはサディストの殺人鬼に核発射ボタンを渡してしまえば、世界はこんな事態になるだろうか？

「……、」

アラディアは沈黙していた。

他の『超絶者《ちょうぜつしゃ》』達《たち》も。

本当に。

世をあまねく救う事だけを考える『超絶者《ちょうぜつしゃ》』の集まりだった『橋架結社《はしかけけつしゃ》』は、絶対に関わってはならないものを再誕させた。長い長い時間だけが封じる事のできた巨大な怪物を、再びこの現在で蘇《よみがえ》らせてしまったのだ。

アラディア達は、当事者だからこそ深く理解しているのだろう。

何を祈って、どんな事を託そうとしていたか。

その全てを踏《ふ》み躙《にじ》られてでもなお止まらないのは、つまりこういう事だ。自分のしでかした愚行に決着をつける。せめて、守るべきと自分で決めた人々にだけは災禍が及ばぬように。それがアラディアやボロニイサキュバス達が死力を尽くす理由なのだ。

「それもまた、つまらぬ情念その一つ」

自分の体を抱いて、くすくすと笑いながらローゼンクロイツは言った。

彼は何かを見抜いていた。

「この老骨はただそれを自覚的に行使しておるというだけの事。故にこの老骨はその行いを咎《とが》めはせんよ？　あっはっひゃ、自分以外の何かに言い訳し責任をよそに丸投げしながら立ち向かってもらわれてもつまらんからのう!!!!!!」

笑いながら、銀の青年が動いた。

無造作に。

掌《てのひら》。

距離を無視したクリスチャン＝ローゼンクロイツの死の攻撃が、迫る!!

ギン!!　と空気が硬い音と共に青白く輝いた。

それは壁だ。

『旧《ふる》き善《よ》きマリア』が両手で合わせるようにして五〇〇ミリの透明なガラス容器を潰して砕いていた。蒸発と冷却によってハーブから香料を抽出して取り出すアロマウォーター製造機だ。

「蒸留器はその内部に一つの世界を閉じ込めます。透ける器の中で創られる小人の命も、万物を溶かして消し去る妙《たえ》なる薬液も、善悪問わずその全てを。故に一つの面を用意し、表と裏、内と外を規定さえすればあなたの攻撃もまた届きませんよ、ＣＲＣ」

「……ほほう？　台所の合成者かえ」

「ＣＲＣ。一つの道を極めたそちらからすれば素朴で粗削りな儀式に見えるかもしれませんが、しかしだからこそ、年代で言えばあなたよりも古い体系です。ローゼンクロイツという影響を不完全ではありますが一部取り去って正面から魔術を突きつけられる」

「奥様は錬金術師。くくっ、いいね面白い!!　あらゆる魔術は所詮まやかし、ならばそこには夢とお笑いくらいはなければのう!!」

「話を聞け。『この』ママ様は実は未婚の女性ですがミズとつけろよ馬鹿野郎です」

本当に初めて、だ。

クリスチャン＝ローゼンクロイツがかざした掌《てのひら》から、その超《ちょう》絶者《ぜつしゃ》は逃げなかった。真正面から受け止め、弾《はじ》いて捨てた。

回避一択。今回だけは防御など考えてはならない。

一つのルールが崩れ、選択肢が無数に広がった瞬間だった。

「じゃが、いかん」

くすりとローゼンクロイツが嗤《わら》った。

『旧《ふる》き善《よ》きマリア』の体が、ぐらりと横に揺れた。口元には赤。

「所詮は一部だけじゃ。この老骨を押し返すには全く足りておらんのう？」

「ちくしょうッッ!!!!!!」

ルールは曲がらなかった。

回避一択。防御に挑んだ者を待っている結果は例外なく同じ。

上条《かみじょう》は歯噛《はが》みしつつ、

（……だけどたった一回でも、たとえ中途半端《ちゅうとはんぱ》な形であったって、クリスチャン＝ローゼンクロイツが敷いたレールから『脱線』は起きた。やっぱり『超絶者《ちょうぜつしゃ》』は何かが違う。でもってそれが分かっているからローゼンクロイツだって先に『超絶者《ちょうぜつしゃ》』を狙い撃ちにきてる。ここでこいつらをみすみすやらせる訳にはいかない‼）

「アラディアっ‼　それからボロニイサキュバスも‼‼‼」

とっさに少年が叫んだのは、その共通項からだ。

そう、彼女達は大空を飛べる。

ばさり‼　と空気を叩《たた》く音と共にボロニイサキュバスが天高く舞った。意識を失い、汚れた地面へ倒れる前に下からすくい上げるようにして『旧《ふる》き善《よ》きマリア』の体を拾って。アラディアもアラディアで、近くにあった電気自動車用の充電スタンドと寄り添って斜めに傾いていたEV案内板をホウキ代わりに手に取ると、どこかぼーっと立っていたムト＝テーベを乗せて高層ビルより高くへ一気に飛び上がる。

「あっ、『復活』キープのためにも『旧《ふる》き善《よ》きマリア』の影は吸っておきたい……」

「言ってる場合？　欲をかけば死ぬ状況よ‼」

回避一択。

その範囲の中での最善を尽くす。

もしCRCの影を吸えたら一気に状況がひっくり返ったかもしれないが、やはりこれも欲をかけば即死していただろう。ムト＝テーベが白い影としてモノにするまでには多少のラグがあるようなので、たとえ数秒でも天敵の眼前で無防備に突っ立っていたらその間にあっさり殺されてしまう。……そしてヤツなら多分そうする。今回はとにかく今までにないくらい死が近く、秒刻みでも足りないくらいだ。

ローゼンクロイツは上空など見上げなかった。

下策に興味はない、といった顔。

ただしこのまま見逃すつもりもなさそうだ。

「魔術師は大空を飛ぶのは簡単じゃが落とすのもまた簡単という理屈を知らんのかえ？」

「……そんな暇あると思ってんのか？」

「前と同じではつまらんのう」

言いながらも、ふふんと笑って銀の青年は正面を見据えた。

こちらに興味を持ったらしかった。

「新しい必殺技に心当たりは？」

ゴッッツ!!!!!!　と。

視界が、爆《は》ぜた。

5

第七学区。

カエル顔の医者の病院では、アンナ＝シュプレンゲルのカルテがようやく出てきた。

CTやMRIといった画像診断。

超音波エコー。

各種検査試薬を使った血液検査。

「……何も出てこない、と？」

「不思議ですよね。電気で感電させたって肌に火傷《やけど》の痕くらいは残るものなのに」

担当した技師も首を傾《かし》げていた。

不思議そう、と言うには頬が恐怖で引きつっていたが。

無理もない。

毒物や薬品による攻撃だって、溺死や一酸化炭素中毒にしたって、絶対に体のどこかに異変は生じる。目には見えない体内の血管や臓器にしても、顕微鏡サイズの微細な変化にしたって、必ず体のどこかが壊れるはずなのだ。もし、本当の本当に、肌の上にも内臓の中にも一切傷が見られないとしたら。医者としてはこういう診断を下すしかなくなってしまう。

自然死。

これ以上不自然極まりない患者もいないというのに。

「……、」

原因は確かにある。

ただし人の体を知り尽くした医者の目には見えない。

つまりは、

「見方が違うのかもしれないね？」

「どういう？」

「医療従事者、ここにいるのは全員が同じ価値観に染まった一つの集団だ。それでは見えない何かがあるのかもしれないよ？」

6

戒厳令、という言葉が浜面《はまづら》仕上《しあげ》の中で重みを増してきた。

ついこの間まで何だかんだでディスカウントストアに立ち寄ったりできたのに、今じゃもう玄関のドアを開けるのにも勇気がいるようになってきた。警備員《アンチスキル》や風紀委員《ジャッジメント》がガミガミ怒るのとは違う。同じマンションで暮らすご近所の目が一番怖い。

こんな時だけ唯我独尊の道を突っ走る麦野《むぎの》沈利《しずり》や絹旗《きぬはた》最愛《さいあい》はいない。

わざわざ危険な状況で外出して何をしているんだろう？

あるいは危険だからこそそこに価値でも見出《みいだ》しているのかもしれないが。

「何度タップしても動画が一秒だか二秒だかで止まってまともに観《み》れん……。なんかケータイの通信遅くなってきたよな？」

「はまづら、みんな暇だから一斉にスマホやタブレット端末をいじくっているんだと思う」

全く通信できない訳ではないのだが、快適な速度に慣れているとちょっと固まるだけでイライラが募ってしまう。そうなると結局従来のテレビを何となく点《つ》けて放《ほう》ったらかしにする事になった。ネットを使った情報取得さえしなければこっちはいつでもスムーズだ。

ただし大した情報も入ってこないが。

この戒厳令の真っ最中に学園都市《がくえんとし》で行列のできる飲食店のトップ10を焦《じ》らしながら紹介されても正直困る。番組的には撮《と》り溜《だ》めてあった分を放出しているだけなのだろうが、場違いにもほどがあった。だから誰も外に出かけられないってゆってんだろ。

こうしている間にも、世界はどれだけ動いているのか。

渦中《かちゅう》にいる当事者こそ意外と情報は入ってこないものでもある。

ジャージ少女の滝壺《たきつぼ》はぼんやり首《くび》を傾《かし》げて、

「このままで大丈夫なのかな？」

「戒厳令だからひきこもってろって言ってるのは上のヤツらなんだろ。お墨付きをもらって寝正月の続きをしてられるんなら万々歳だぜ」

「冷蔵庫の中身は？」

「足りなくなったら役所の人間に置き配してもらおうぜ。そもそも連中が始めた事なんだ」

浜面《はまづら》がそんな風に言った直後だった。

きんこーん、という柔らかい電子音があった。

インターフォンの画面越しに外の様子を確認すると、ドラム缶型の清掃ロボットがゆっくり通路を横断している。こんな時でも平常運転な機械から女性っぽい合成音声が聞こえてきた。

『この建物は避難所として認可されておりません。地図を確認し、可及的速やかに最寄りの災害避難所へ移動してください。この場に留《とど》まるのは身命及び財産の観点から非常に危険です』

「えぇーっ⁉　戒厳令だから家の中に引っ込んでろって言ったのはそっちじゃん！　外で何が起きてんのか臨時ニュースくらい流せよ‼」

「ゾンビの群れとか徘徊《はいかい》してないと良《い》いね、はまづら」

7

上条《かみじょう》はしばらくグラつく視界を元に戻せなかった。

ぼんやりする視界にベージュ色が滲《にじ》んでいた。常盤台中学《ときわだいちゅうがく》のダッフルコートだ。

だとすると、おそらく美琴《みこと》に体を引きずられている。

ただいつの間に拾われたんだろう？

「……食蜂《しょくほう》アンタ何してんの？」

「何ってぇ？　お店にあったウェットティッシュを使ってカラダを拭いているだけですけど？　こんなにコンクリ粉塵《ふんじん》を頭から被《かぶ》って、服の中までザラザラしてるのよぉ。なーんのケアもしてない御坂《みさか》さんって野性を極めているわよねぇ。そのまま路地裏の猫と一緒に塀の上で生活できちゃいそうなレベルの☆」

「ここに男の子いるんだけど」

「ぶぼふぇるげ!!⁉??　がはっ、げほごブ!!　ちょぶ、彼が来るなら先に言っておきなさいよぉ!!」

なんかチラッと見えた気がするが、上条《かみじょう》の視界はぐわんぐわんでまだはっきりしない。

ややあって、だ。

連れ込まれた場所が分かってきた。半分崩れてどこか空気が粉っぽくなっている、

「……う、コンビニ？」

「きちんと目が覚めた？」

美琴《みこと》が短く尋ねてきた。

お互いにひどい有り様だった。美琴《みこと》は頭から灰色の粉塵《ふんじん》を被《かぶ》り、頬も制服も泥まみれだ。

（……インデックスは、オティヌスは？　どうなったんだみんな……？）

そして知らない人がいた。

長い金髪の女の子は常盤台《ときわだい》の制服を着ているから、美琴《みこと》の知り合いだろうか？

「正面から立ち向かっても勝てないのはもう分かっているでしょお？　体が千切れて飛び散らなかっただけでも奇跡みたいな状況力ダゾ、それぇ」

何で自分は生きているのか。

言うまでもない、こんなのは上条当麻《かみじょうとうま》の実力ではない。

美琴《みこと》だって知らない人だって彼の知らない所で死力を尽くしていたのだ。無謀な行いを続ける上条《かみじょう》を助けるために、寿命を削ってくれた人達がいる。

分かっている。

噛《か》み締《し》めるほどに感謝をするけど、だけど、今は立ち止まっていられる状況ではない。

クリスチャン＝ローゼンクロイツはどうなった？

「それにしても……この私の『心理掌握《メンタルアウト》』が効かないとか、どういうアタマしてんのよぉあいつ。まさかあの見た目で最初力から人間じゃないなんて話じゃないでしょうねぇ？」

『心理掌握《メンタルアウト》』。

能力の名前だけなら上条《かみじょう》も耳にした事があった。

学園都市《がくえんとし》第五位。

具体的にどこの誰が扱う超能力なのか、顔や名前までは知らなかったが。

ただ、精神系能力はアンナやアリスといった『超絶者《ちょうぜつしゃ》』にも通じるものなんだろうか。

クリスチャン＝ローゼンクロイツ。高校生の上条《かみじょう》にはその『伝説』の欠片《かけら》も知らないけど、もし本当に絵本に出てくるような人間だとしたら。壮絶な修行を積み重ね、人間には得難《えがた》い莫大《ばくだい》な力を手に入れた過程で、自己の精神に関してのみ言えば第五位の超能力《レベル5》よりも強固に操れるようになったのかもしれない。

情念やフラストレーション、ただそれだけのために活動する。その結果、たまたま絵本にあるような善性の奇跡の使い手として描かれる事になった遊び心の魔術師。

本人はそう笑っていたが、それは上条達《かみじょうたち》が持つ身近な感情と同じ言葉に収まるものなのか？

ずん!! ズズン!! という低い震動が今も続いていた。

壊れかけた店内では、雑音まみれの音声が飛び交っていた。

どこで手に入れたのか、御坂美琴《みさかみこと》は警備員仕様《アンチスキルしよう》の小型無線機を手にしている。

『ザザ！　退路はB2を囮《おとり》にしてCv1を確保。「風紀委員《ジャッジメント》」は優先して後ろに下げろ！　ぼーっとしてるなそっちの軍用クローンもだ、生まれ方は何であれ子供であるのは変わらん!!』

『ちょっと！　わたくしならまだ戦えますわ。それに「書庫《バンク》」でも何でも確認すれば分かりますが、大能力者《レベル4》認定の「空間移動《テレポート》」があれば救助活動だって、ああもう……っ！』

クリスチャン＝ローゼンクロイツは単にこちらを見失っているだけではない。上条《かみじょう》が戦っていないという事は、別の場所でローゼンクロイツは他の人間と戦っている。

あるいは、アラディアやボロニイサキュバスといった『超絶者《ちょうぜつしゃ》』か。

あるいは、インデックスやオティヌス達か。

「くそっ……」

「考えなしじゃ動いたって加勢にならないわよ」

呆《あき》れたように言って、美琴《みこと》は何かを放り投げてきた。

片手で受け取るとパックのゼリー飲料だった。

「おい、これ金は払ったんだろうな？」

「馬鹿。店員さんはいないけど、ケータイのバーコード読み取る無人レジはまだ動いてるわよ」

ふうー、と長い息を吐いて美琴《みこと》は飲み物コーナーから抹茶のアイスラテを手に取る。こういうところにも性格が出ていた。お店は半壊し照明も切れた停電状態なので、冷たくなくても美《お》味《い》しさが保てて、エネルギーを今すぐ蓄えられる飲み物を選択したようだ。まあゼリー飲料は常温だとケミカル感の自己主張がブーストされて意外としんどくなるのは上条《かみじょう》も分かる。今渡しておいてコノ。

と、なんか蜂蜜色の少女が冷たい目をしていた。

彼女だけは何も手に取っていない。

「……御坂《みさか》さん、よくコンビニの棚なんか漁《あさ》れるわねぇ。お店が半壊して冷却設備が止まっているのに虫も集まらないような食品力って見ていて怖くならないの？」

「一月初めで小さな生き物はみんな冬眠でもしてんでしょ。こっちは添加物や保存料についてはコンビニチェーンを牛耳る黒子《くろこ》から正しい知識をもらっているの、そんな煽《あお》り方《かた》でいちいち脅《おび》えるのってむしろ逆に情弱（笑）のやる事だわ」

これもやっぱり無人レジで購入してから美琴《みこと》は紙パックにストローを差して口に含む。

「おぞましいのは合成系だけじゃないけどぉ？　ねーえー御坂《みさか》さぁん。ラテとかチョコレートとか、抹茶味のグリーンって何から抽出しているか知っているぅ？」

「？　アンタがドヤ顔で言うんだからお茶の葉じゃないのか。なら化学薬品でも使tt」

「蛾《が》の幼虫の糞《ふん》☆」

ほんとにマジで髪の毛摑《つか》んでの殴り合いに発展した。

上条《かみじょう》は遠い目になった。健康マニアって自分でいらない事を調べて自分を苦しめていると思う。難儀な生き方だが、ある意味で己の精神を豊かにするための苦行なのかもしれない。

無線機からは切迫しながらも、そこに留《とど》まらない『流れ』ができていた。

『勝手に損耗するなよ、残存戦力は第二防衛線へ！』

『分かってる。こんな所で勝手に終わらせてたまるかよ、個人のプライドなんかどうでも良《い》い。ついうっかりで俺達の肩には街の運命がかかっちまってるんだぞ‼』

彼らはまだ諦めていない。

でも考えなしにCRCへ挑めば二の舞だ。

（……くそ、プロの魔術師どころか『超絶者《ちょうぜつしゃ》』が束になっても勝てない相手なのに……。R&Cオカルティクス関係の騒動で、警備員達《アンチスキルたち》が魔術の存在に気づいてくれていれば良いけど）

やはり、上条《かみじょう》が直接出向いた方が良《い》いかもしれない。

ローゼンクロイツ相手に通じるとは思えないが、それでも右手の『幻想殺し《イマジンブレイカー》』があるかないかではかなり違ってくると思う。

「アンナ＝シュプレンゲルだっけ。そいつを助けた後はどうすんの？」

一度口をつけた抹茶アイスラテの紙パックをどうするか持て余しつつ、美琴《みこと》が尋ねてきた。

「そりゃ今暴れているローゼン？　とかいうのの関係者だとしたら、ヤツの弱点だって知っているかもしれないわ。アンタはサンジェルマンだっけ？　謎の微生物をもらって死にかけるわ、こっちは『プネウマなき外殻』とかいう死刑アイテムを詰め込みまくった巨大なカプセルトイで散々弄ばれるわ……。学園都市《がくえんとし》だけじゃない、ロサンゼルスなんて危うく街ごと消滅しかかったんじゃなかったかしら。あの中に何か共通点とか秘密とか……。あっても不思議じゃないけど、でもあの悪女があっさり正しい事を教えてくれると思う？」

どうする、か。

自分のゴールはどこにあるのだろう。少年はなし崩しに始まったこの戦いに思いを馳《は》せる。

やがて、上条《かみじょう》はこう答えた。

俯《うつむ》いたままだけど、きちんと自分の口から。

「……アンナは、王様を捜しているんだってさ」

「？」

「理由も聞かずに自分を守ってくれる『王』。今までずっとずっと誰かを守り続けて、導き続けて、でも応えてくれる人がいなくて、うんざりして。だから、今度は自分が誰かに守ってもらう番になりたいんだって、アンナは言ってた」

その過程で具体的に何があったのか、上条《かみじょう》は知らない。

あれだけ傲岸不遜に見えたアンナ＝シュプレンゲルが世界から目を背け、人生を諦めてしまうほどの何か。それほどに衝撃的な出来事だったのか、あるいは逆に何も変化を起こせなかったからか。そんな想像すらちっぽけな少年には許されない。

だけど。

「でも多分、ほんとはそんなの必要ないんだ。王様なんかいらない。だから言いたい。特別な誰かにすがらなくても剝《む》き出《だ》しのままこの世界を歩いたって、誰もお前を傷つけたりはしないんだよって」

しばし、沈黙があった。

少女達の口から吐息がこぼれるのも。

だけどそれは、呆《あき》れとは少しだけニュアンスが違った。

「……人となりを話すのはずるいわ」

ぽつりと、美琴《みこと》が呟《つぶや》いた。

「『悪人』であれば良かった。ただの記号だったら。なのにその人の空気を知っちゃったら、簡単に切り捨てられなくなるじゃない」

御坂美琴《みさかみこと》と蜂蜜色の少女は、互いの顔を見合わせていた。

仕方がないか、と何故《なぜ》か二人の顔には書いてあった。

ざぁっ、という異様な音があった。

ガラスに雨粒が当たるのと似ているが、もっと音は細かい。古いテレビのノイズに近かった。

砕けたガラスの扉の方から、何かが流れ込んできた。

砂漠や砂浜にあるような細かい砂だった。

単純な白ではなく、わずかに黄色がかったその異物に、上条当麻《かみじょうとうま》は自分の記憶を刺激されていた。こいつには覚えがある。

美琴《みこと》の手元にある小型無線機のやり取りが一気に乱れる。混乱と焦燥で覆われていく。

『ちくしょ、これが報告にあったロサンゼルスの黄色い砂か⁉』

『退避‼ 呑《の》まれるなよ、総員、第二防衛線まで退避い‼』

『っ。承服できません、まだ第一二学区市街には少なくない民間人が残っております‼』

『バカやめろっ……くそ‼‼‼』

「っ。……キトリニタスか！」

「行っても間に合わないわよぉ」

ふらつく上条《かみじょう》を止めたのは名前も知らない、か、かい、蜂蜜少女だった。

「同じ第一二学区って言っても流石《さすが》に距離力がありすぎるもの。今から向かっても手遅れでしょう」

「……、」

「そしてまだ無事な警備員《アンチスキル》や風紀委員《ジャッジメント》はこの第一二学区から撤退した。それが事実ってコト。戒厳令によって普通の人達も表を歩いてはいないでしょうけどぉ」

表向きの戦力だけじゃない。

ＣＲＣを食い止めようとしたインデックスやオティヌス、アラディアやムト＝テーベといった戦力の間でも何かしら、場の流れや傾きのようなものが確定したのだ。

この第一二学区は、もうダメだ。

キトリニタスの発生によって、動いている人間はおそらく一人もいなくなった。

「考え方によっては、不幸中の幸いかもしれないけどぉ？」

「なにが」

言いかけて、上条《かみじょう》も気づいた。

もし本当にロサンゼルスの時と一緒なら、黄色い砂の中に溶けて消えた人々は、言ってしまえば『幽閉』状態となる。王手は王手だが、アリス＝アナザーバイブルやアンナ＝キングスフォードのように直接的に体を引き裂かれて殺されるよりはずっとマシだろう。あるいはクリスチャン＝ローゼンクロイツの方に、無抵抗の一般人をただ殺して回っても時間だけ浪費するだけで退屈だという精神でもあるのか。

じっとしていれば見逃してもらえるかもしれない。

だけどそうした場合、ローゼンクロイツの歩みは止められない。ヤツはただ真《ま》っ直《す》ぐ歩いて街を横断し、第七学区に入り、カエル顔の医者がいる病院へと到達してしまうだけだ。

そうなったらアンナ＝シュプレンゲルは今度こそ絶対に助からない。

己の遊び心や向学心にのみ従って行動するあの怪物が、全てを引《ひ》っ掻《か》き回《まわ》して命を奪ってしまう。

『すみません、限られた戦力なのに無駄死にしました。自分はここまでみたいです……』

『やめろ構うな。駆け寄ったところでお前達も同じ目に遭うだけだ』

『後はお願いします。これがL.A.の件と同じなら、元凶さえ倒せば……黄色い砂から生存者を引きずり出せるはずですから……』

『総員退避!! 続きは第二防衛線だ、砂と化した愚か者の今の言葉を忘れるなア!!!!!!』

いいや。

上条達《かみじょうたち》も黙ってそれを耳にしていた。

本当に、黙って見ている事しかできないのか?

バンッ!! とどこかで破裂音があった。

「っ?」

火薬やガスとは違った、水っぽい爆発音だ。恐る恐る上条《かみじょう》が壊れたコンビニから顔を出すと、街は黄色い砂で覆われていた。しかもそれとは別に、何かが遠くから押し寄せてくる。

「何だ……あれ?」

「水よ。水だわぁ、第一二学区は大小無数の宗教施設が密集しているから特別に消火設備も充実しているはずダゾ。ビルの一つ一つにある消火設備じゃなくて学区全体で管理している『セントラル消火槽』を破裂させたのねぇ！」

？　と上条《かみじょう》は怪訝《けげん》な顔になっていた。クリスチャン＝ローゼンクロイツがわざわざ狙って攻撃する意図が読めない。ようは地下に埋めてあるでっかいプールではないか。あるいは先に消火手段を奪ってから大々的に火でも放つ気だろうか、と全く見当違いな予想まで立てていた。

でも違う。

「逃げるわよ。即時撤退」

「何で……」

「今が極寒の二月だっていうの忘れてんの⁉　あんなシャーベットみたいになった水を浴びたらそれだけで命を奪われかねないわよ‼」

ローゼンクロイツはキトリニタスを使って第一二学区の生存者をまとめて砂に分解して取り込んだ。しかもそれだけに留《とど》まらず、見えない撃ち漏らしについても路地の隅々まで念入りに潰しにきたのだ。

巻き込まれて良い事は何もない。

ずぶ濡《ぬ》れになってから切り裂くような風でも浴びたら最後、そのまま樹氷になりかねない。

美琴《みこと》が叫んだ。

「走って！　巻き込まれる前に‼」

幸いにして、広範囲と言っても高さはない。水の領域に巻き込まれて靴がびしょ濡《ぬ》れになったら凍傷で指を落とす羽目にはなりかねないが、ちょっとした段差や車の上に飛び移れば冷水の侵略から逃れられる。黄色い砂があちこちでうねうね小さな山を作っているのも大きかった。

「ぜえっ、はあ。まって、まっへよぉ御坂《みさか》さぁん……」

知らない、い人が慣れない上下運動でガリガリ体力と酸素を削られていた。しかも足回りは柔らかい砂地だ。置いていくのは可哀想《かわいそう》なので思わず上条《かみじょう》が蜂蜜少女の手を取って引っ張ったら何《な》故《ぜ》か急に黙った。しおらしい。

そしてなんかイライラしながら美琴《みこと》が端的に言ってきた。

「これからどうすんの⁉」

上条当麻《かみじょうとうま》の答えは一択だった。

「後ろに下がる」

どれだけ状況が絶望的であっても。

クリスチャン＝ローゼンクロイツを倒して砂の中に溶けた人々を助け出す具体的な方法が何一つ浮かんでいなくても。

まだ病院までは距離がある。

「次の防衛線でヤツを叩《たた》く」

アラディア達『超絶者《ちょうぜつしゃ》』は言っていたはずだ。

状況をひっくり返してローゼンクロイツに反撃する活路を得るためには、まず観察と準備が必要だと。そのためにはヤツに気づかれないように立ち去り、距離を取って物陰に隠れ、安全に観察する状況を作らなくてはならないと。

つまり。

考え方によっては、これはチャンスだ。

「……負けは負けでも、こいつは意味のある敗北だ」

ハッと、蜂蜜色の少女が顔を上げた。

頭脳労働担当の彼女が思わず注視してしまうような何かを、上条当麻《かみじょうとうま》は口の中で呟《つぶや》いていた。

間違いのない撤退。

だけどこいつを、勝つための第一歩として置き換える事さえできれば。

抵抗はまだ終わらない。

「早い内に切り札をバンバン使い切ってしまえば、後で困るのはお前だぞローゼンクロイツ」

8

雑草を舐《な》めるな。

広大な大地を埋め尽くしていたその最後の一本、地中に伸びた細い根の一つまで刈り取れなかった時点で、お前の必勝なんかとっくに崩れ始めている。

行間　二

イギリスからドイツまでだと、最短、普通に日帰りで旅行できる。

もちろん楽しむ心を完全に捨て去ればの話だが。


「ひい、ひい、はひい。ま、待ってお姉様。おねがいですからお慈悲をくらはい〜……」

「いいからとっとと荷物を運びなさいフォーチュン。本来ならばのんびり鉄道の旅になったものを、英国の血税を使って航空券なんぞ手配してドイツにまでやってきたのでしょう？　ならばその分はしっかり働かなければ英国民の皆様に対して失礼です」


昼前。ニュルンベルクの国際空港で合流するなりこうだった。

複数の旅行カバンや背中のリュック、正面に回したボディバッグなどですっかり膨らみ切ったダイアン＝フォーチュンに、黒猫の魔女ミナ＝メイザースは冷たく言い放ったのだ。

ちなみにミナ＝メイザース、女友達のアニー＝ホーニマンとの間に深読みすると百合《ゆり》み溢《あふ》れる世界に変換されかねないエピソードがあったり、旦那のマグレガー＝メイザースとの間では家庭的で甲斐甲斐《かいがい》しく（変人で天才を極めた）夫を支える良妻の伝説を持っていたり、ダイアン＝フォーチュンとこれまた女同士の師弟の関係にあったりと、浮世離れした人生ばっかりな『黄金』の魔術師どもの中でも特に二次元臭い話を大量に持つ稀有《けう》な女性でもある。……別に本人がぶっ飛んだ人格の持ち主という訳ではなく、ミナ個人だけを切り取って眺めると心優しい常識人なのがこれまた不思議ではあるのだが。

「……うそだ、ぜったいにうそだ。ぜえ、はあ。あの暴虐引《ひ》っ掻《か》き師匠のおねえさまが心優しい常識人だなんてこれだけはぜったいにありえん。ぶふえっ、戦争の勝者が歴史書を自由にかわゆく書き換えてやがるう……」

「何か言いましたか私の妹《ソロール》フォーチュン、できない弟子よ」

荷物の半分以上はミナの私物でもあるのだがそっちは軽くスルーしておくとして。

まあ少なくとも、ある日突然何の根拠もなく自分は由緒正《ゆいしょただ》しいスコットランド貴族の末裔《まつえい》だと叫ぶ無職のおっさん《マグレガー》や、ズボンの上から股間に金属製のちょうちょを縛りつけて社交界に殴り込みをかける困ったイケメン紳士《アレイスター》と比べれば、ミナ＝メイザースやダイアン＝フォーチュンは全く常識的でまともな魔術師だ。

ミナ＝メイザースはすでに学園都市《がくえんとし》から独立した存在だが、形を変えたトートタロットとしてアレイスターを支えるのは彼女の勝手である。

ニュルンベルクは内陸、ドイツ南部にある工業都市だ。今の時期の最低気温は氷点下三度くらい。一月だからか周囲はほんのり雪化粧だが、これでマッチ売りの少女が出来上がったデンマークと大して変わらないのだから不思議だ。同じ南部のミュンヘンには負けるにしても数十万人単位の人口を有する巨大な街で、複数の国家をまたいで流れるドナウ川と繋《つな》がる運河を使った水運はもちろんとして、国際空港から直接的な空輸インフラも整備されている。これは半導体や自動車・航空関係の機械部品の製造がそれだけ活発に行われている証《あかし》でもある。

そして歴史ある街だった。

良《い》い意味でも悪い意味でも。

例えば『ニュルンベルクの鉄の処女』と言えば何を指すか、拷問や処刑について少しでも知識のある者ならすぐ分かるだろう。世界各地で得体の知れない伝説ばかりが独り歩きはしているが、実際にあるモデルとしては(もちろん一般に出ている公式記録の中では、の話ではあるが)世界で唯一アイアンメイデンの現物が確認されたのもまたこの街である。

文通や通信教材を使ったリモート学習で『黄金』の術式を全世界に広めて回った通販魔女ダイアン=フォーチュンは、疲れの中に不思議そうな顔を見せて言った。

「ふうっ。それよりお姉様、いつの間にお子様など拵《こしら》えてやがったんです？　真っ黒な喪服なんか着てじめじめしている割にしっかりヤッてんじゃないですかドスケベ葬式美人」

「生きている人間指差して拵《こしら》えるって言うな。それにそもそも私の子ではありません」

「?」

「よしよし。空腹を訴えているのならこちらの哺乳瓶を飲みなさい。同じ味は飽きたって感じで顔を背けるな、あなたほんとは普通に人語をしゃべれるでしょう?」

ばぶー、という楽しげな声が抱っこヒモの中からあった。

ミナ＝メイザース。赤子の食事の世話とか、学園都市《がくえんとし》をさまよってお腹《なか》がすくと電源ケーブルを口に咥《くわ》えていた頃と比べれば超絶進化である。

記述や数式といった魔術師としてのロジックに、画家としての腕を貸す事で儀式場やその小道具の大半を組み上げていったネコミミ喪服美人(!?)が抱き抱えてあやしている赤ちゃんを、改めて怪訝《けげん》な目で見るダイアン＝フォーチュン。ならその赤ちゃんの出処《でどころ》は一体どこなんだ、と顔全体にでっかく書いてある。

アレイスターの実娘リリスと聞けばその場で後ろに転がるかもしれないが。

前述の通り、ニュルンベルクは暗い歴史と最先端のハイテクが違和感なく融合した稀有《けう》な大都市である。そしてだからこそ、『薔薇十字《ローゼンクロイツ》』がこの地に欧州でも最大規模の拠点を築いたのかもしれない。死者の声や顔が記録されると恐れられた古い蓄音機だって銀塩カメラだって、かつては普通に科学技術の発明品だった。自然科学が天動説と地動説を覆《くつがえ》して物体は酸素を消費して燃焼する事を証明し世界の常識の座を奪うまでは、魔術は普通に学問の代名詞だったのだ。

「さて。アンナ＝シュプレンゲルの本拠地。ドイツ第一聖堂リヒト＝リーベ＝レーベン、ですか」

「調べる前にホテルを取りましょう？　ね、ねっ？　やだーッ！　こんな馬鹿デカい荷物山ほど抱えたまま長々とした調査開始なんてわたしは死んでも嫌ですよお姉様‼」

力不足の弟子が泣いてすがってくるのを鬱陶しそうに片手で払いのけつつ、ミナ＝メイザースは冷静に言ってのけた。

「調査を始める前に方針を統一しておきましょうか、フォーチュン」

「えうー。先にホテルを取って部屋に荷物を置く方向では意見がまとまらない～（泣）」

「引《ひ》っ掻《か》きますよ？　ダイアン＝フォーチュン、あなたも『黄金』に名を連ねる魔術師であるならば、当然ながら根っこにある『薔薇十字《ローゼンクロイツ》』の思想についても理解はしているはずです。その上で尋ねますが、あなたはぶっちゃけどっち寄りなのですか？」

「？」

「ですから」

区切って。

赤ちゃんを抱く黒猫の魔女ミナ＝メイザースはこう切り出したのだ。

「『薔薇十字《ローゼンクロイツ》』という誰もが良く知っている結社の伝説はそのまま存在すると信じているのか、

あるいは何かしらの暗喩や暗号であると考えているのか。……あなたは一人の魔術師としてどういうスタンスで薔薇《ばら》と十字、ルビーと黄金に向き合っているかという話をしているのです」

第三章　踏破　Cut_a_Road_to_Allover_the_Goal.

1

そこはより厳密には、黄泉川愛穂《よみかわあいほ》のマンションだった。

ただし家主さんは仕事で大忙しなので、今は芳川桔梗《よしかわききょう》が小さな少女の面倒を見ているが。見た目だけなら一〇歳くらいの少女、打ち止め《ラストオーダー》は部屋の中で何やら仕分けしていた。

「これは可愛《かわい》い」

クレーンゲームの人形である。

「これは可愛《かわい》くない」

切り捨てられたのはモノサシ型の薄っぺらな磁石。

しかしまだまだある。猫の形をした鍋摑《なべつか》みやクリスマスツリー型のスタンドライトも審査対象だ。

芳川《よしかわ》は額に手をやって、ガラクタばっかりとも言う。

「もうちょっとざっくり捨てない？　いい、単なる物体に魂なんか宿らないわ。一つ一つ抱き締めて別れを惜しんでいると部屋が満杯になってしまうわよ」

「だってこれは可愛《かわい》いし、こっちも可愛《かわい》い！　ってミサカは抱っこしてみたり」

大声で叫んで打ち止め《ラストオーダー》が両手で抱っこしているのはウォーターサーバーのダルマさんサイズの詰め替えボトル（空っぽ）だった。可愛《かわい》いの範囲がかなり広いし、いちいち思い出を掘り返してしまうのでいつになっても捨てられない。……これは部屋の片づけより安値のトランクルームでも探した方が良《い》いかもしれない、と芳川《よしかわ》がため息をついた時だった。

滑らかな合成音声が聞こえてきた。

マンションの部屋、玄関のドアの向こうからだ。丁寧だけど割と大音量である。

『現在、学園都市《がくえんとし》全域では戒厳令が敷かれております。火急の用がない限り、一般市民の皆様は外出を控えてください。また当該建物は避難施設としての認可を受けておりません。地図を確認し、最寄りの災害避難所への退避をお願いいたします』

ドラム缶型の清掃ロボットだろう、指示の内容がバッティングしている気もするが。

しかし打ち止め《ラストオーダー》は床に座ったまま特に動かなかった。そっちを見ない。

「あれは可愛《かわい》くない、ってミサカはミサカは残酷な真実を突きつけてみたり」

丸いのは全部カワイイ、とはならないらしい。

その時、玄関の内側、通路の角からひょこっと何かが顔を出した。

二足歩行のたぬきだった。

まあ厳密には昔話に出てくる妖怪ではなく、ぬいぐるみの中に綿と一緒にダンスロボットの駆動式金属フレームでも詰め込んであるのだろうが。

打ち止め《ラストオーダー》は衝撃を受けていた。

確か、なんかテレビの中でこんなのがウロチョロしていた。

「このたぬきは……可愛《かわい》い!!」

2

赤から黒へ。

陽が暮れて夜になった。

ただでさえ冷たい冬の空気が、上条達《かみじょうたち》の頬を切り裂くような夜風に変わっていく。ぶっちゃけどうにかして己の耳を守りたい。

第二三学区。

複数の飛行場やロケット発射場が集中している特異な学区だ。その特殊性から行き交う航空機の安全を守るため普段は学区全体が高いフェンスで囲まれ、厳重に警戒されているはずなのだが、今は誰もいなかった。

耳をつんざく騒音もない。旅客機の運用が止まっているのは戒厳令のせいか、あるいは別に理由でもあるのか。

上条《かみじょう》は絶句しながら、

「第二防衛線ってほんとにここかよ……。こんな物騒な所を選んでわざわざクリスチャン＝ローゼンクロイツが通るって？」

「少なくとも警備員《アンチスキル》の専用無線じゃそういう事になってるわよ。ローゼンクロイツだっけ？　そいつ、暗号通信の内容を書き換えたりもできる訳？」

美琴《みこと》も美琴《みこと》であっさり傍受しながら言う。

流石《さすが》に頭で直接ではなく、その辺で拾った通信機を介してはいるが。

ＣＲＣ側からすれば、警備が厳重だからとか手薄だからとか、そんな理由で侵攻ルートを変えたりはしないのかもしれない。とにかく最速最短の一本道で第七学区の病院を目指すと、確かに第二三学区と第一八学区を突っ切る形にはなる。というか最悪、自分から進んで地雷原に飛び込んで全部踏み潰しにくる可能性すらある。激しい音が鳴って楽しい、くらいの感覚で。

「あれ見て。明かりがあるわぁ」

「しっ！　あれよ、警備員達《アンチスキルたち》が集まっている第二防衛線……」

戦車や装甲車などがたくさんある。ミリタリーには詳しくないが、そんな高校生の上条《かみじょう》でも知っている軍用車両があった。八輪の装甲車のてっぺんに戦車の砲塔をくっつけたような機動戦闘車『プレデターオクトパス』だ。アンナ達と一緒に逃げ回っている時はあれ一つで大分楽をさせてもらったが、雑にずらりと並んでいると背筋に冷たいものが走る。

車両のヘッドライトの他に、工事現場にあるでっかい屋外照明もかき集めてきたらしい。迷路みたいにバリケードを張ってあちこちに土嚢《どのう》を積んで大小無数の陣地を構築している他、アスファルトの上に圧縮空気の力で鉄杭《てっくい》を打ち込んで重機関銃や自動擲弾砲《じどうてきだんほう》の台座を固定しているのが分かる。ネジや釘《くぎ》が一本あれば大事故に繋《つな》がりかねないデリケートな滑走路の上だというのに揃《そろ》いも揃《そろ》ってとんでもない事をやっている。

逆か。

あるいは経済的な損失さえ無視すれば、だだっ広い滑走路は警備員的《アンチスキルてき》には次世代兵器使いたい放題の素晴らしい立地なのかもしれない。少なくとも流れ弾で学生寮を吹っ飛ばすリスクは大幅に軽減される。

ただそれは素直な本音なのか。

第一防衛線では手も足も出なかった『言い訳』として流れ弾の話を持ち出しているとしたら、まだローゼンクロイツの脅威を正しく測れていない事になってしまうが……。

「あら、御坂《みさか》さん？」

「ちょっとお姉様そこで何やっていますの⁉」

う、と美琴《みこと》が珍しく怯《ひる》んでいた。

　どうやら出動している風紀委員《ジャッジメント》の中に知り合いがいたらしい。ツインテール女子の方は見覚えがある。確か白井黒子《しらいくろこ》。が、メガネをかけたお姉さんの方は完全に未知だった。冗談言ったら殺されそうな雰囲気の超真面目黒髪メガネ女子である。怖い。ピリピリしている時の吹寄《ふきよせ》と同じ真面目オーラを感じる。つ、常にこの空気、だと？　疲れないのかメガネさん。

「……お姉様は立入禁止の第二三学区で一体何を？」

「えーと黒子《くろこ》？　ガミガミ怒る前に聞いてほしいんだけど私も一応ほら第三位の超能力者《レベル5》だし学園都市《がくえんとし》の危機にどうにか力を貸す事はできないかなーと」

「できる訳ねーだろ何の権限もありませんのに！　このまま禁止エリアをうろつくならフツーに補導いたしますわよ‼　あとガミガミってところに悪意を感じるんですけれど今どういうおつもりで言葉を選んだのかご説明を求めても⁉」

「あーガミガミー（泣）」

　しかし上条《かみじょう》の目を引いたのは、かつて自分達が命を預けた『プレデターオクトパス』ではなかった。もっとヤバい異形の兵器が鎮座している。

「何だ……ありゃ」

　鋼でできた全長七〇メートルの大蛇か、あるいは空港によくある貨物輸送用のカートをひたすら巨大化したものか。ロードローラー化した金属車輪で大地を踏み締める装甲車みたいなものが、ざっと見て一〇台？　一〇両？　とにかく縦一列に、巨大な球体状のジョイントで繋《つな》がっている。一つ一つの車体は縦七×横三×高さ二メートルくらい。つまり横に平べったいから、ますます地面に伏している蛇みたいに見える。

武装は各車体の左右側面の砲塔だが、戦車や戦艦とは大分違う。もっと対空兵器っぽいというか、剝《む》き出《だ》しの自爆型ドローン発射機とガトリング砲がセットでぐりぐり回転するようだ。

「XHsACV-15『アナコンダ』……ですか」

白井黒子《しらいくろこ》の口調は呆《あき》れというよりも戸惑いがあった。

何故《なぜ》ならば、

「……頭にXついてる試作車でも現場に引っ張り出してくる状況なんですのね、もう」

「全地形装甲戦闘車。車体が真ん中から折れ曲がる、二両編成の装甲車って実際フィンランドやシンガポールでも作られているのよ。そのコンセプトをもっと尖《とが》らせたんじゃない？」

メガネの風紀委員《ジャッジメント》がなんか説明したがりな感じでメガネのつるへ片手をやっていた。

試作車。

多分、景色に合わないグリーン系のジャングル仕様な迷彩カラーもそのためだろうけど。

それにしたって一体何の完成を目指してあんなゲテモノ作っているのだ、この街は？

「普通の戦車や装甲車と違って、走りながら戦う軍用車じゃないでしょうね」

ため息混じりに分析したのは美琴《みこと》だった。

「騒ぎがあれば急行して自らの車体を分厚い壁とする事で、そこらの小中高校の一側面くらいなら暴徒の群れから守り切る、機動式バリケードって感じ？　ほら、砲塔だって左右側面にずらりと並んでいるでしょ。敵に対して正面じゃなくて側面を見せて戦うのが前提なのよ」

「あ、ああ」

「でも、左右に並べると普通に二倍コストがかかるからまともな設計者ならあんな配置にしない。三六〇度回る砲塔を屋根の上に置いた方が軽くて安上がりだわ。なのにわざわざそうしているのは、あれ自身が身を守る特殊な装甲の役割も果たしているから。つまり砲弾やミサイルが直撃するとわざと自分から外側に向かって爆発する事で、装甲内部へ突っ込もうとする敵弾の破壊力を減殺《げんさい》する効果を期待しているの。大砲と違ってドローン発射機なら安いもん。あれレーダー自体は先頭と最後尾に分けてあるみたいだし。私の『超電磁砲《レールガン》』でも隙間を縫うように正確に撃ち込まないと、いくらでもモジュール交換可能な無人砲塔一つと引き替えに弾道を逸《そ》らされるわ」

「ともあれ、無防備にカラダをさらす羽目にならなくて結構力だわぁ……」

まあ確かに。

何しろここは第二三学区。辺り一面地平線が見えちゃうほど平べったい滑走路では、身を隠すものがない。つまりＣＲＣ側が飛び道具の魔術をバンバン撃ってきたら最悪も最悪だ。五ユニットだか一〇ユニットだかで大雑把に開けた陣地を囲ってくれるだけで十分にありがたい。

ただ風紀委員《ジャッジメント》さん達の話に聞き耳を立てる限り、

「長さは良《い》いとして、高さが二メートルくらいだと暴徒達はよじ登っちゃうのよねえ。でも、有刺鉄線のロールを巻いたら怪我《けが》しそうで怖いし。まあこの辺も試作車らしくて可愛《かわい》いわ」

「はあ。全車体のエンジン回転数をわざわざコンピュータで難しく計算して同期させるくらいなら、分離もできない巨大な蛇さん完成させるより素直に小回りの利《き》く装甲車を一〇両調達した方が便利という話もありますけれど」

「今は短所を潰して商品としての魅力を削り出している最中なんでしょう。何よりナゾの試作兵器って響きが萌《も》えない？　うふふっ」

「はあ。剝《む》き出《だ》しのメカを見ると興奮するバイク女子の感性って分かりませんわ……」

なんか色々苦労が滲《にじ》んでいそうな話だが、真っ当な分厚い壁の揺るぎなさはやはり格別だ。

しかし一方で、上条《かみじょう》はこうも思う。

(真っ当な戦力……か。でもそんなのでローゼンクロイツの足を止められるのか？)

漠然とした、意味のない自問だった。

ならどうすれば良いのかの部分まで思考が到達していないのだし。

その時、ひらりと夜空から何かが降り立ってきた。

ド派手なピンク系の色彩だ。

二回目だと上条当麻《かみじょうとうま》の中では驚きよりも安堵《あんど》の方が強く出る。

「生きてたのか、ボロニイサキュバス！」

「おうよ」

ばさりとコウモリみたいに大きな翼を左右に広げて金髪の悪魔は笑っていた。上条《かみじょう》の素直な反応を見てどこかくすぐったそうにしながら。

今度は人様の顔面にお股で直撃はせず、無事に滑走路へ着陸成功。

アラディアや『旧《ふる》き善《よ》きマリア』はどうなっただろう？　特に後者はクリスチャン＝ローゼンクロイツの攻撃を喰《く》らってダウンしたはずだが……。

「そして『超絶者《ちょうぜつしゃ》』が出てくれば戦略の幅もぼっけえ変わってくるたい。わらわの術式『コールドミストレス』がまともに通るのは多分一回限りずら。あれは物理的な硬さに関係なく人間の快楽を苦痛に置き換える仕組みだから、おそらく己の情念や遊び心にのみ従って活動するローゼンクロイツにもそのまま有効ぞ。とはいえ対策を練られたらおしまい、そうなると後は限られたチャンスをどこで使うかがカギなんだけどのう……」

と、

「さ、さきゅばす、ですってぇ？」

「ずら。何ぞこの今はまだ完成形が決まってない無属性な女子中学生は？」

全然関係ないところでわなわなしている人がいた。

名前も分からん蜂蜜色の少女的には何かしら許せない事があるらしかった。

ただナイスバディな人達が超至近距離で睨《にら》み合《あ》うとでっかいおっぱいの押し付け合いになる

からどうか自重していただきたい。コーコーセー的に目のやり場に超困るし！

「長い金髪、スタイル抜群、瞳の中にあるナゾのキラキラ、非物理攻撃が得意なお色気担当のお姉さん……？　こ、こいつ、私という存在を一体何だと思っている訳ぇ⁉　全部が全部被《かぶ》りまくりダゾ！　まったくこんなものが知らぬ間に彼に接触していただなんて、個人商店のすぐ隣に大手のコンビニ建てるようなケンカの売り方をしてくれちゃってぇ‼」

「冗談みたいに変なしゃべり方が抜けてるわよ、そこも一緒でしょ」

「「あア？」」

　こういう時は仲良く美琴《みこと》に睨《にら》みを利かせてくる金髪お姉さん方（？）である。

「ていうかなーに生意気言ってるずら、小娘の分際でお色気お姉さん担当だなんてぶっちゃけ一〇年くらい早いばい。そこらのチューガクセーなんぞより歴史と伝統で言ったらサキュバスお姉さんの方がお色気担当として圧倒的に正統派ぞ。てか小娘はほんとにマジでプラス一〇年盛ってようやく管理人のお姉さんにドリームを抱く男子高校生にとってベストだろが」

「下着でその辺ウロウロしている露出マニアのヘンタイにまっすぐ正論力を言われたぁ⁉」

　ぎゅむぎゅむ大戦はボロニイサキュバスが勝ってしまったようだ。

　思った以上にショックだったらしく、ナゾの蜂蜜少女は涙目になってその場で立ち尽くしている。……あと管理人のお姉さんの話って悪魔姉さんにゲロったっけ？　上条《かみじょう》には疑問だった。細かく覚えていない。というか一二月三一日の渋谷《しぶや》では途中何回かリアルに死んだり気絶した

りしていたが、まさか寝言みたいにぶつぶつ呟《つぶや》いていた？　一体どんな方法で入手したのかは知らんがイロイロ個人情報をだだ漏れにするのはやめていただきたいんですけどお恥ずかしいから!!!!!!

そして何故《なぜ》か美琴《みこと》が暗い顔になっていた。

遅れて何かに気づいたといった表情で、俯《うつむ》いたまま何か呟《つぶや》いている。

「（……え？　ていうかもしかして私、あの争いに割って入らなくちゃ栄光を摑《つか》めない訳？　これだけの胸格差で……？？？）」

「？」

下手に触れたら死にそうな香りがしているので放っておいた方が良さそうだ。

その時だった。青い顔した警備員《アンチスキル》が、誰に指示を求めるべきか分かっていないままタブレット端末をあちこちに見せて回ってきた。

「どっ、ドローンからの映像です……。ヤツが来た!!　真《ま》っ直《す》ぐこちらに向かってきます、どっどうしましょう!?」

「これはごちゃごちゃ言っている場合じゃないわね。全員所定の位置について！　このままじゃ何もできずに防衛線を明け渡す羽目になるわよ!!」

パンパンと両手を叩《たた》いて巨乳メガネの風紀委員《ジャッジメント》が指示を出す。大人の警備員《アンチスキル》が呆気《あっけ》に取《と》られて従ってしまうくらい堂に入っていた。警備員《アンチスキル》は基本的にみんな生活指導や体育担当のムキムキ先生ばっかりのはずなのだが、一体どういう力関係なのやら。

空飛ぶドローンで人影を捉えたという話だったが、真《ま》っ直《す》ぐこちらに向かってくる、と目的地を推測できる程度の距離だ。そう遠い話ではないだろう。

クリスチャン＝ローゼンクロイツは来る。

上条《かみじょう》はあれだけ規格外だったアリス＝アナザーバイブルを思い出す。

何となくは通じない。

今回は負ければ本当の本当に死ぬ。今ここにいる人達とも、二度と話はできなくなる。

第二防衛線での戦いは間もなく始まる。

3

戒厳令のせいで真っ暗な夜の中、だ。

褐色少女ムト＝テーベは一人、第一八学区にいた。

(砂鉄のカイロがあったかい。やっぱりキホンには何物も勝てない……)

散開する前に、あのツンツン頭の少年から頂戴した一品だった。

寒がり少女は文明の利器でぬくぬくしながらも、だ。

警備員《アンチスキル》基準で言えば『第三防衛線』となるが、すぐ隣の第七学区にはアンナ＝シュプレンゲルの眠る病院がある。あの少年にとっては最後の一線、とみなしても構わないだろう。

ムト＝テーベは人員・物体の影と自分の白い影を重ね合わせる事で自分のものとして取り込み、自由自在に操る特殊な『超絶者《ちょうぜつしゃ》』だ。元の所属が科学サイドの次世代兵器だったとしても、いったん取り込みに成功してしまえば自分の魔術の範囲内でいくらでも振り回せる。

そしてこの場には面白い獲物があった。

四一センチ・リニア式要塞砲『トレビュケット』。

火薬の力を電磁石に置き換えた大砲なのだが、野球の遠投のように大きく弧を描いて飛ぶ砲弾は一度オゾン層にまで到達し、最終的には二万メートル先の大型目標へ精密に着弾する。点を狙って地下深くまで貫く他、多大な空気摩擦を逆手に取ってわざと目標上空で金属砲弾を自壊・プラズマ化して炸裂《さくれつ》させ、密集状態であれば洋上の空母艦隊を丸ごと面で殲滅《せんめつ》するようモードも自由に切り替えられる。この辺りは人工的なツングースカ大爆発とでも思えば良い。

本体はもちろんとして予備砲弾や照準ユニット、設置型の近接防空火器などを全て含める事で、現実に学校の校庭を丸々一つ埋めてしまう威容。

校庭で作業していた警備員《アンチスキル》の一人が気づいて大声を張り上げた。

「そこ！　今は戒厳令が発令されている。こんな所にいないで早く学生寮に帰りなさい‼」

「？」

「……な、何故《なぜ》そこで首を傾《かし》げる？」

昨日まで思いっきりドンパチをしていた間柄だと思うのだが、正確な顔写真はまだ出回っていないのだろうか？　という意味での疑問があった。まあしつこく訂正を促しても良い事はなさそうなので黙っているに限るが。

校庭の要塞砲については彼らも急遽《きゆうきよ》設営しているらしく、多くの警備員達《アンチスキルたち》が右往左往しているが、今のままでは『正しい兵器』としての発射態勢は整わないようだ。第二防衛線で押《お》し留《とど》められなかった場合、多分組み立て準備が完了するよりもローゼンクロイツがこの第三防衛線に到達してしまう方が早い。

ただし、ムト＝テーベが取り込んでしまえば話は変わってくる。

（こっちもこっちで、大きな影を取り込むのはちょっと時間がかかるんだけど……）

屋外作業照明の強烈の光が形作る、地面に伸びた影さえ接触できれば構わないので、褐色少女としては校庭との境にあるフェンスを越える必要すら実はない。

ちょこんと道端で待機しながら、ムト＝テーベは静かに考える。

白い影として取り込むのには多少の時間がかかるが、できてしまえば怖いものがなくなる。ムト＝テーベの場合、兵器を兵器として正しい手順で運用する必要さえないのだ。現に直近の戦いでは一つの軍艦に対して様々な角度から光源を用意する事で同一兵器から複数の影を同時に取り込み、巨大怪獣のように組み替えて学園都市《がくえんとし》を闊歩《かつぽ》した事もある。

「ふむふむだとすると」

ムト＝テーベは静かに頷《うなず》いた。

こいつがあれば、第三防衛線で守りを固めながら、長距離砲撃によって第二防衛線への戦闘にも参加できる。

「面白い」

4

クリスチャン＝ローゼンクロイツは第一二学区を悠々と歩いていた。

人も車も全くない。それはそれで不思議な異界だった。

「おっと」

ピタリと、宙で足を止める。

靴のすぐ下、冷たい地面を何かが一生懸命走っていた。

誰もいない街で横断歩道を渡っていくネズミを見てCRCは微笑《ほほえ》ましく目元を細める。

戒厳令のせいで駅もまた、自動改札は全て閉まっている。駅のコンビニや売店にも人はいない。だけど小さな子供達の目的はそっちではないらしい。

駅のコンビニの前にずらりと並んでいるカプセルトイのマシンだ。

「何しとるんじゃー?」

「わあ⁉」

飛び上がっているところを見るに、子供達も戒厳令の最中に学生寮を抜け出してはいけない事自体は理解しているらしい。しかも今は夜だし。

「お、おとなだぞ？」

「でもこの人は警備員《アンチスキル》さんじゃないみたい」

「このおっさんだって外に出ているって事は俺達と同じだよ、大丈夫」

興味深い。ひげさえあれば誰でもおっさんに分類されるのか。

クリスチャン＝ローゼンクロイツは銀の顎ひげを指先で軽く弄ぶ。

観察する限り、カプセルトイとは小銭を使って運試しで玩具を獲得する機材らしい。

（……なるほど。しかし何でわざわざ欲しいものが確実に買えない仕組みに人はかえって群がるのかのう？）

馬鹿だからなのかもしれない。

ローゼンクロイツは決して短くない歴史の中で行われてきた人類の愚かさに思いを馳《は》せ、目尻にじんわり涙を溜《た》めていた。

彼は涙もろかった。

子供達は気にしていなかった。

「やるぞ今日こそ激レア手に入れるぞ！」

「でもこれ、本当に激レアのゲコ太カラー旅客機入ってんの？　横から見ても分かんねーぞ」

「当たり入ってない説もあるよね」

ぶわっ!!　とCRCの目尻に大粒の涙があった。

彼は涙もろかった!!

「このような幼子が必死で溜《た》めてきた、限りあるお小遣いを卑劣な騙《だま》し討《う》ちで吸われて全て失ってしまう運命とは……。よろしい、この老骨が排出率を確かめてくれる!!　実際どうなんじゃ、うりゃ!!」

ド派手な破壊音があった。

カプセルトイのマシンそのものが砕け散った。

クリスチャン＝ローゼンクロイツは硬いタイルの床に一つ一つ丸いカプセルを並べていき、

「一つ、二つ、三つ、四つ、五つ……あった。何じゃ普通にあるではないかゲコ太カラー旅客機！　はっはっは、良かったな、別に騙《だま》されていた訳では」

言いかけて、その言葉が止まった。

小さな子供達はどこにもいなかった。一人も。

どうやら慌てて逃げ出したらしい。

クリスチャン＝ローゼンクロイツは指先で軽く頭を掻《か》いて、そっと息を吐く。銀の顎ひげを指先で弄ぶ。

その気になれば速やかに位置を特定しここからでも砲撃できるのだが、

「……ま、追い回す事もないかの」

適当に言って位置探査を中止した。

ＣＲＣは激レアらしいゲコ太カラー旅客機を指で摘まむ。

それで行き先が決まった。

「ふむ」

元々の最短ルートでもある。

航空宇宙分野が専門という第二三学区へ足を向けてみる。

どうせなら本物を見てみよう。ローゼンクロイツは気軽に行き先を決める。

ゲコ太カラーの大型旅客機はどこにもなかった。

闇の中にいくつもの強い光があった。車のヘッドライトや道路工事用の現場照明か。

第二防衛線が築かれているようだった。それに併せて警備員《アンチスキル》とやらが可燃性の高い燃料を満載にした旅客機やタンクローリーなどは全て撤去してしまったのだろう。

小さなオモチャを握り締め、クリスチャン＝ローゼンクロイツは小さく呟《つぶや》いた。

「……邪魔じゃのう」

5

遮蔽物から身を乗り出し、特殊な双眼鏡を手にしたまま警備員《アンチスキル》が叫んだ。

「最優先目標を目視で確認!!」

戒厳令の滑走路ではまともな明かりはない。だから上条《かみじょう》がその人影をはっきりと目にする前に、周辺の警備員《アンチスキル》や風紀委員達《ジャッジメントたち》が動き出してしまった。

第二防衛線での戦闘が始まる。

「行動開始!!」

まず地べたの迫撃砲から一発放たれた。上条《かみじょう》の感覚的にはコンビニやディスカウントストアにある打ち上げ花火のでっかい版に近い。そして実際の用法も大して変わっていなかった。空中に解き放たれた砲弾は地上《ちじょう》に落ちる事なく、標的の頭上でふわりと減速して車のヘッドライトより強烈な光を撒《ま》き散らしたのだ。パラシュート付きの、いわゆる照明弾。警備員達《アンチスキルたち》はいきなり砲弾を浴びせるのではなく、まず視界の確保に努めたのだろう。

それで五〇〇メートル以上先に、小さく人影があるのを上条当麻《かみじょうとうま》も見つけた。

クリスチャン＝ローゼンクロイツ。

確認した途端に恐怖が背筋と両足を縛りつけた。自らの力で暗闇を拭い去っても、余計な事をするんじゃなかったと後悔するような何か。

そして初撃の照明弾には別の意味もあったらしい。

上条達《かみじょうたち》とは違う、街の治安を守る警備員《アンチスキル》や風紀委員《ジャッジメント》ならではの手順が。

「警告及び威嚇射撃を確認」

そう、弾の種類はどうあれ一発目は本人ではなく真上に撃った。

それでも標的が歩みを止めて両手を上げなかったという事は、

「容疑者投降せず、繰り返す容疑者投降せず！　実力行使の条件確認、全員撃てぇ!!!!!!」

ゴッッッ!!　と。

アスファルトに鉄杭《てっくい》を打ち込んで固定した重機関銃や自《じ》動擲弾砲《どうてきだんほう》が一斉に火を噴いた。無論、出し惜しみなどしていない。まず大雑把に連射しながらでも照準を修正できる兵器で足を止めてから、連射の利《き》かない戦車砲や重迫撃砲でじっくり狙って精密に砲撃する。ここが当たり前に能力者が闊歩《かっぽ》している学園都市《がくえんとし》でなければ、一番効率的と分かっていても普通の人間相手では思わず躊躇《ちゅうちょ》してしまうような分厚い連携攻撃だ。

上条自身《かみじょうじしん》、どこか安心しているところがあった。

クリスチャン＝ローゼンクロイツ相手ならあそこまでやっても許される、と。

そう思ってしまっている時点で、すでにヤツの強さを認めて呑《の》まれ始《はじ》めているようなものなのかもしれないが。

あそこまでの弾幕密度になってしまうと、もう上条《かみじょう》には拳を握って突っ込む事もできない。彼の幻想殺し《イマジンブレイカー》は当たり前の（？）鉛弾や砲弾の破片を防げる訳ではないので、迂闊《うかつ》に近づいたら味方の流れ弾で粉々にされてしまう。

もどかしいのは上条《かみじょう》だけではないらしい。

「えぇいっ、五〇〇メートルか。見えているのに届かないわね。私の『超電磁砲《レールガン》』じゃヤツに届く前に空気中で焼き切れて消滅する‼」

そして。

これだけの爆音と衝撃波の中、くつくつという笑みが確かに聞こえた。

CRCは嘲笑《あざわら》っていた。

あれだけ集中攻撃を浴びておきながら。

土嚢《どのう》の壁で躍起になって正面防御力を増し、代わりに機動力の一切を失った戦車の砲身が気《け》圧《お》されたように軋《きし》む。死ぬのが怖いのは分かるが、あれでは単なる一二〇ミリの固定砲台だ。

クリスチャン＝ローゼンクロイツの顔には見下ししかなかった。

「この老骨がそんなものにやられると？」

「本気で思っておるから皆が命を懸けとるんだろがずら、ばかもん」

割り込むように告げたのは金髪の悪魔だった。

そして同時に何かが起きた。

ボロニイサキュバスの術式『コールドミストレス』。

ド派手な光も音もない。その効果は快楽の信号を激痛に置き換える、というもの。

だが情念や遊び心でのみ動くクリスチャン＝ローゼンクロイツにとってはどんな位置づけにある『攻撃』だったのか。銀の青年の眉が動き、その体がくらりと右手側へわずかに揺れた。

そこに戦車砲がまともに突っ込んだ。

ＣＲＣと言っても肉体そのものはタンパク質やカルシウムでできているはずだ。体が異常に頑丈だから砲弾を防げるのではなく、そういう術式を展開して跳《は》ね除《の》けている。

つまり。

防御術式の展開を一瞬でも阻害できたら？

ッッドン!!!!!!　という爆音が遅れて炸裂《さくれつ》し、灰色の粉塵《ふんじん》が一気に膨らんでいく。

だがここで快哉《かいさい》を叫ぶほど警備員達《アンチスキルたち》は間抜けではない。

電子装置で機能拡張された特殊な双眼鏡を手にした大人が吼《ほ》えた。

「まだだ!!　ヤツは原形を留《とど》めているっ、二本の足で立っているぞオ!!」

(化け物めっ)

上条《かみじょう》は思わず歯噛《はが》みする。

今は残存しているものの、いくら何でも無傷では済まないと祈るしかない。粉塵《ふんじん》が晴れるより前に、戦車砲や擲弾《てきだん》を次々と叩《たた》き込《こ》んでいく。今射撃をやめたらすぐさまヤツが襲いかかってくるという脅《おび》えの裏返しのようにも見えてきた。

「きゃあああああっ!!」

蜂蜜色の少女から甲高い悲鳴があった。壮絶な銃声や火花だけでなく、すぐ近くを何かが高速で擦過しているのだ。おそらく流れ弾か跳弾だ。

しかし上条《かみじょう》は頭を低くしてその場で伏せる、という当たり前の対応ができなかった。

それより不安で仕方がなかった。

結果が目に見えないと、焦《じ》れる。

こんな事をしていても意味があるのかという不安が押し寄せてくる。

常識的に考えればこちらが優勢であるはずなのに、その判断基準がだんだん信じられなくなってくる。クリスチャン＝ローゼンクロイツとはそういうレベルの怪物なのだ。

攻めているはずなのに追い詰められ、耐えきれなくなって上条《かみじょう》は叫んでいた。

「まだ終わらないのか……？　まだっ!!」

「くそっ、人影が歩いてやがる。肩の震えを確認……あれは笑っている、のか？　こっちに向かってくるぞ、粉塵《ふんじん》が晴れる、うわあああ!?」

汗びっしょりで双眼鏡を覗《のぞ》き込《こ》みながら、警備員《アンチスキル》もまた悪夢にうなされるように吼《ほ》えた。

ばぢんっ!!　と金属が弾《はじ》け飛《と》ぶ音があった。

分厚い弾幕を張っていた重機関銃がいきなり破壊され、動きを止める。

一瞬だった。

ローゼンクロイツが飛び込んでくる。土嚢《どのう》の壁やバリケードで囲った防衛陣地の中まで入られてしまえば、銃弾や砲弾ベースの戦法はまともに使えなくなる。

しかしローゼンクロイツはここで疑問を持つべきだったかもしれない。

最善の手を潰されて狩られる側に回ったにしては、顔に恐怖を張りつける警備員《アンチスキル》や風紀委員《ジャッジメント》はそれでも足まではすくんでいなかった事に。

手の中で何かを握り込んだまま、屈強な警備員《アンチスキル》が叫んだ。

「総員伏せろぉ!!」

上条《かみじょう》はその意味を理解しかねた。

だから出遅れた。

ドガッッ!!!!!!　と。

戦車や機動戦闘車の群れが、内側から一斉に起爆したのだ。

離れた場所にいたはずなのに、上条《かみじょう》の両足が滑走路から浮く。

そのまま真後ろに薙《な》ぎ倒《たお》された。

「坊　や　　　　　　　　!!」

ボロニイサキュバスの叫びが、かなり不明瞭に頭の中でぐわんと響く。実際の距離感を見失ってしまうほどに。

戦車や機動戦闘車の懐《ふところ》深《ふか》くまで潜り込んでいたCRCは、じゃあどうなったのか。

八輪の『プレデターオクトパス』を始め、そもそも遠隔操縦で無人の陸上ドローンとしても運用できる軍用車両の群れだ。すでに第一防衛線であれだけやられた以上、真っ当な火力でCRCを押し返せるとは誰も考えていない。つまり、ローゼンクロイツが悠々と防衛線を食い破り、防衛陣地の中まで踏み込むのを待ってから派手に自爆する。そういう戦法も取れる。

おそらくまともな爆薬ではない。

「あっ……ガ……？」

溶接のように真っ白な閃光《せんこう》が今も上条《かみじょう》の網膜に焼きついている。

多分だが、アルミや鉄の粉末を使った特殊な反応を利用している。摂氏三〇〇〇度以上、文字通り鉄をも溶かす爆風を〇センチの超至近から分厚く浴びせかけたのだ。

滑走路の上でうつ伏せになって頭を守りながら、白井《しらい》黒子《くろこ》が爆音に負けないように叫ぶ。

「ここまでする必要あるんですの⁉」

「あるんじゃない？　容疑者まだ立っているわよ、伏せてすらいないわ‼」

『透視能力《クレアボヤンス》』でも持っているのか、巨乳メガネの風紀委員《ジャッジメント》がまだ晴れない粉塵《ふんじん》の奥を見据えて目《め》を剝《む》いていた。

「……うそ、でしょ……？」

美琴《みこと》もまた、同じように硬直していた。微弱なマイクロ波の反射を利用したレーダーが何かを捉えたのかもしれない。

しかし上条《かみじょう》にはその真偽を肉眼で確かめている暇などなかった。

ギャリギャリゴリゴリ‼　という異音が炸裂《さくれつ》した。

XHsACV-15『アナコンダ』、複数が連結して大蛇みたいになった装甲車がいきなり動いたのだ。都合三ユニット。ローゼンクロイツを轢《ひ》き殺《ころ》しにかかるのかと思いきや、それぞれが正三角形の辺となるように走り込み、そして急停止する。

まず完全に閉じ込める。

七〇メートルの巨体だ。これでも学校の校庭くらいの面積は内包している。

ただの分厚い壁ではない。状況に合わせて自由自在に展開できる機動性こそが『アナコンダ』最大の強みだ。

伏せたまま警備員《アンチスキル》が無線機に向かって吼《ほ》えた。

「撃てぇ!!」

巨大な三角形の内側にて、各車体の側面にある砲塔が一斉に動いたようだ。自爆を前提とした飛行ドローンが鋭く発射され、二〇ミリのガトリング砲が次々と火を噴く。もう音だけで怖い。真っ当な人間なら秒も保《も》たずに原形を失って霧状のミンチとなって飛び散り、路面と一体化する弾幕密度だ。

真っ当な人間なら。

しかもそこでは終わらなかった。

ドッッッ!!!!!! と。

天から地へ。

まるで落雷のように何かが降り注いだ。それは点の一二〇ミリ砲弾と二〇ミリガトリング砲の連射を組み合わせた、鉛と火薬を使った人の手による天罰であった。

前にも見た。

ガンシップと呼ばれる、大型輸送機を改造した空中移動式の砲台陣地。

そいつが上空を大きくぐるりと回りながら、莫大《ばくだい》な数の鉛弾を降り注がせているのだ。

伏せたままじりじりと匍匐《ほふく》で移動し、警備員《アンチスキル》が叫んだ。

「HsAC-03『スポットライト』が来たか。照準点の周囲二〇〇は破片警戒圏だ、総員退避、退避い!」

「半径で二〇〇メートルってぇ……、そこらの学校どころかドーム球場より全然大きいんダゾ。みんな揃《そろ》って思いっきり被《かぶ》ってんじゃないのよぉ⁉」

いくつもの爆発が連続する。

『アナコンダ』という壁が間にあっても鋭い金属片やアスファルトの破片が大きく舞い上げられて頭の上から降り注ぐのでは意味がない。もうほとんど地上で起きる噴火に近かった。

いかに戒厳令下であったとしても、まともな街中でこんな大規模空爆はできなかっただろう。一面が平べったい滑走路だらけでまともな学校や学生寮なんか一個もない第二三学区だからこそできる、採算度外視の大火力。

しかも、ここに留《とど》まらなかった。

天空を支配するガンシップよりさらに上、だ。

星が瞬《また》いた。

そう思った直後に超重量のタングステン合金が大気圏外から垂直に落ちる。全長一〇メートル、直径は八〇センチ。それは学園都市《がくえんとし》が誇る巨大人工衛星から射出された一発だった。重金属の柱は上空を旋回するガンシップにニアミスし、渦巻く空気の塊が五〇メートル以上ある機体を危うく失速させかけ、そしてクリスチャン＝ローゼンクロイツ目がけて一直線に落ちた。

音が圧縮された。

光すらも逃げ場を失って閉じ込められ、そして一点から全方向へ弾《はじ》け飛《と》んだ。

それは人工的な彗星《すいせい》の衝突だ。もし爆風が管理されずに四方八方へ広がっていたら、第二三学区自体が消滅していたかもしれない。柱の側面の特殊な溝や先端角度により運動エネルギーは一つの束にまとめられ、真《ま》っ直《す》ぐに地中を貫いていく。アスファルトの滑走路の下に広がっていた実験用核シェルターまであっさりと掘り返される。

「っっっ⁉」

ある程度ベクトルを集中しているとはいえ、完全ではなかったらしい。

あまりの余波で七〇メートルもある全地形装甲戦闘車『アナコンダ』がねじれてひっくり返った。危うく巻き込まれそうになる上条《かみじょう》だったが、これでもマシな方だ。壁がなければ分厚い衝撃波に直接叩《たた》かれて人間なんか肉塊に化けていたはず。

鉄くずを集めて巨大な盾を作っていた美琴《みこと》が、どこか呆然《ぼうぜん》としたように呟《つぶや》いていた。

「……その気になれば、私の頭の上にもアレをいつでも落とせたっていうの……？」

地面に転がったままの上条《かみじょう》にはそんな余裕すらなかった。

頭が割れるように痛い。

外から殴られているというより、頭蓋骨の中の圧力自体が変わった、とでも言うか。

見ているだけで鼓膜が破けそうだった。

上条《かみじょう》は無意識の内に何かにすがろうとして、近くにいたボロニイサキュバスにしがみついていた。まるで間近の落雷に脅《おび》える小さな子供が母親にすがるように。

特別じゃないから何だ。

個人で『伝説』を保有していないからどうした。

学園都市《がくえんとし》を守ろうと、ただそれだけで結集した人々の力は、眺めている上条《かみじょう》を打ちのめすほど莫大《ばくだい》なものだった。

右耳からのどろりとした得体の知れない感触に脅《おび》えながら、上条《かみじょう》は震える声で呟《つぶや》いていた。

「ろーぜんくろいつは……？　あそこまでやったんだ、片足くらい引きずったってバチは当たらないはずだろ……」

「いいや」

冷たく言い切る声があった。

少年の体を抱き留めるボロニイサキュバスだった。

「楽観のフィルターを外せば分かるずら。ヤツはまだ動く」

呼吸が止まった。

クリスチャン＝ローゼンクロイツ、ここまでなのか。文字通り地形が変わるほどの猛攻を浴びせてもピンピンしているだなんて、こんなのに右の拳を向けて何ができるというのだ。

その時だった。

離着陸を邪魔しないよう、金属柱ではなく滑走路に直接埋め込まれた防災スピーカーからひずんだ声が飛んできた。

聞き覚えのある声だった。

『どきな。コンなモンは足を止めて確実に当てるための、ただの前座だ』

6

元々それは学園都市《がくえんとし》外周を囲む『壁』の真下に存在する研究インフラだった。
莫大《ばくだい》な磁力を使って電子や陽子の流れを閉じ込め、ほとんど光速に近い速度を叩《たた》き出《だ》して粒子と粒子を衝突させる事で様々な現象を起こし、場合によっては自然界に存在しない全く新しい元素を生み出すためにも利用される超大型施設でもあった。

『フラフープ』。

世界最大規模の粒子加速器が解放され、絶大な威力の電子ビームが発射されたのだ。

北の第三学区から南の第一〇学区への一直線。

『橋架結社《はしかけけっしゃ》』とやらが第一二学区に突如領事館を構築し、街の中でのさばった辺りから新統括理事長・一方通行《アクセラレータ》が準備を進めていた正真正銘の切り札だった。

本来の第一想定目標はアリス＝アナザーバイブル。

本当に必要であれば彼女を一撃で仕留めるべく調整を続けてきた超兵器が、今、クリスチャン＝ローゼンクロイツに直撃する。使えるのはたった一発。円形加速器に無理矢理繋《つな》いだコンテナ大のコンデンサや変圧器が次々と誘爆していき、自身がかき集めた莫大《ばくだい》なエネルギーによって巨大装置そのものを焼き焦がしながらも、死《し》の槍《やり》は正確に学園都市《がくえんとし》を縦断していく。

がカかッッッ!!!!!!　と。

光が夜を吹き払い、空気中の水分がまとめて蒸発した。熱で溶かして舗装するアスファルトがまとめて液状に戻り、放置されていた小型ジェット機が次々と誘爆していく。ねじれてひっくり返ったままの『アナコンダ』が、半ばから蒸発して焼き切られた。

余波だけでこれだ。

直撃したクリスチャン＝ローゼンクロイツにもたらしたダメージはどれほどのものか。

上条《かみじょう》は溶けたアスファルトの匂いをもろに浴びて、しばし咳《せ》き込《こ》んでいた。自分がその場でうずくまっている事に気づいたのは随分後だ。間近に太い雷が落ちたと錯覚して、とっさに身を守ろうとしてしまったらしい。スタングレネードと似たような状態だ。

山ほど準備を積み上げたのはこの一撃のため。

新統括理事長・一方通行《アクセラレータ》は人知れず街中の清掃ロボットや警備ロボットを遠隔操縦で動かし、予想射線上に人が残っていないか入念に調査をしていた。人が残っていればもちろん誘導する。

一番身近にいるはずの打ち止め《ラストオーダー》が従わない時は多少予定が崩れたが、タヌキ型のペットロボットを使って注目を集める事でそちらの問題も何とか乗り越えている。

つまり今この瞬間に限り。

莫大《ばくだい》なエネルギーが学園都市《がくえんとし》を一直線に縦断しても人的被害が一切発生しない、たった一度のチャンスが出来上がっていたのだ。

それを無駄にするほど甘い第一位ではない。

ただでさえ世界最高スペックを誇る『フラフープ』の出力限界を超え、光速の九九・九九％以上にまで加速させた電子の塊が景色をごっそり削り、ローゼンクロイツに殺到する。

一直線だった。アスファルトの滑走路がオレンジ色に沸騰していた。

空気を構成する元素すら書き換えられたのか、通り道は不気味に帯電して火花を発していた。

蜂蜜色の少女は呻《うめ》いているようだった。

「うええッ。これ吸いたくない、この空気取り込みたくないんですけどぉ……」

上条《かみじょう》はそれどころではなかった。

直撃はおろか、迂闊《うかつ》に目で見ただけで失明しかねない。

ここまでくると、もうまるで科学技術で作られたオカルトだ。

「ち、くしょ」

どうにかして自分の呼吸を確保し、この真冬の夜に汗びっしょりになって上条《かみじょう》は呟《つぶや》いていた。

「……クリスチャン＝ローゼンクロイツは、こんどこそ……？」

答えたのは、警備員《アンチスキル》でも風紀委員《ジャッジメント》でも、美琴《みこと》でもボロニイサキュバスでもなかった。

しかし確かに声はあった。


「呼、んだかえ、？」


視界が真っ暗に落ちた。

疑問なんか持つんじゃなかったと上条当麻《かみじょうとうま》は後悔した。

7

凄《すさ》まじい閃光《せんこう》を範囲外から眺めながら、魔女達の女神アラディアは小さく呟《つぶや》いていた。

「出遅れたね……」

「彼らは？」

呼吸の浅い声があった。『旧《ふる》き善《よ》きマリア』。不完全な形とはいえ、現状唯一クリスチャン＝ローゼンクロイツ側の攻撃を防御できる彼女からすれば、自分がいない戦場など自殺行為の山盛りセットにしか見えないのかもしれない。

己の犠牲など二の次。

『旧《ふる》き善《よ》きマリア』は特別な奇跡がありふれた人を害する行為を何より嫌う『超絶者《ちょうぜつしゃ》』だ。

「闇雲に合流したって数少ないチャンスを潰すだけよ」

「……分かっています」

無理に呼吸を整えて、しかし『旧《ふる》き善《よ》きマリア』はこう続けた。

「けれど、手札を温存している間に第二防衛線を守る人達が全滅してしまえば元も子もありません。実際に捨て身の防御を使うかどうかが問題なのではない。ママ様が同じ戦場に立つ事でローゼンクロイツ側が無意味な警戒をするだけでも、彼の行動を縛れる」

逃げる、という選択肢は最初からないらしい。

まあアラディア自身も人の事を言えた義理はないかもしれないが。

こちらも行動開始だ。

8

結果は出た。

あれだけやって無効。

風紀委員《ジャッジメント》の白井《しらい》黒子《くろこ》やメガネ女子も声が出ないようだった。

　バリケードも自分達の手で潰してしまった。

　ここは学園都市《がくえんとし》の中でも唯一地平線が見える、平べったい第二三学区。どこにも隠れる事はできないし、考えなしに逃げても天敵に無防備な背中をさらすだけだ。現実の戦争では、劣勢からの撤退こそ最も難しい話になってくる。

「おや」

　クリスチャン＝ローゼンクロイツが小さく声に出した。

　かざした掌《てのひら》の先。実行された術式はしかし上条《かみじょう》の頭部を喰《く》いそびれてすぐ横の空間を抉《えぐ》っただけだった。

　上条当麻《かみじょうとうま》は動いていない。ではどうやってこちらの狙いを外したのか。

　CRCは楽しげに、

「地面そのものを大きく回転させたか。手品師の物体消失マジックじゃな」

「意外と俗な趣味をお持ちなのね、ローゼンクロイツ」

　こちらから仕掛けた以上、隠れていられるとは思わない。

　魔女達の女神はゆっくりと歩き、そして上条当麻《かみじょうとうま》を守る盾となるように立ち位置を変える。

「自然と共に生きる魔女には滑走路のアスファルトなんて操作できない？　冗談。木々や草花と同じようにわたくし達は土壌や鉱石もまた自在に操る。たとえどんなに加工され傷めつけられようが、魔女の指先でそっと撫《な》でればそれだけで応えてくれるものよ」

つまり足元の溶けたアスファルトを、直径一〇〇メートル単位でぐるりと回した。

群衆の前で待機中の大型旅客機を消してしまう、大仰な手品のように。

肩を震わせてローゼンクロイツは笑っていた。

「何度も使える隠し芸だとでも？」

「思わないわ。一度でも引っかかってくれればすでに十分」

アラディアは一言で吐き捨てて、

「上条当麻《かみじょうとうま》を狙った死の一撃が外れた、じゃないわ。今の現象は。貴方、外した攻撃が何に当たったかも確認していないの？」

クリスチャン＝ローゼンクロイツはわずかに停止した。

三秒もしない内に何かに気づいたようだ。

「なるほど」

視線が上がる。

ずずん……ッ!! という怪獣が闊歩《かっぽ》するような震動があった。

見上げるほどの巨体。ドーム球場のように巨大な容器に、鉄塔じみたサイズの三本の脚がついた化け物に似た何か。

トリビコス。

内部に宇宙を丸ごと閉じ込めたとされ、故にあらゆるものを合成できる可能性を持った『旧《ふる》き善《よ》きマリア』の実験器具。この世界には存在しない種類の死や破壊すらもオモチャとして自由自在に取り出せる究極最強の容《い》れ物《もの》。

「ふーむ」

クリスチャン＝ローゼンクロイツはブランデーグラスのように、何かを緩く握る仕草をした。

あくまでも無手のまま、

「父性の十字に母性の花弁。こいつはちょいと便利すぎるから、あまり赤き秘法に頼り過ぎても自分の頭で策を練って努力する事をやめてしまいかねんのじゃがのう」

遺体は一二〇年も変化せず。この世界の完全な箱庭を創り、過去現在未来の全てを再現する事で望む答えを手元にまとめ。世界全体を癒やす秘法の製造を遂げた賢者の中の賢者。

つまりその性質は台所の合成を極めた実験器具と非常に似通っている。パンドラの箱のように奇跡を封じて保持する『旧《ふる》き善《よ》きマリア』と、自分から表にさらけ出す事で大きな世界全体に強く干渉したがるＣＲＣの違いというだけだ。逆に言えば、そんな赤き秘法を取り出さないとまずい、と思わせるくらいには『旧《ふる》き善《よ》きマリア』のトリビコスもまた強大であった。

「……全世界的に普遍のルールを一つ開示します」

ぼそぼそと、『旧《ふる》き善《よ》きマリア』が囁《ささや》いた。

「とある者を攻撃すればとある者から報復を受ける。たとえそれが秘《ひ》奥《おう》の領域で眠る何かだとしても、同じように。作用反作用の法則により自らの選択によって発生する天罰やたたりで自滅しなさい、ＣＲＣ」

9

どぷっ!! と粘ついた音が世界を包んだ。

それは……何だっただろう?

ドーム球場のようなトリビコスに亀裂が走って内側から大きく割れたと思ったら、中から飛び出したのは灰色の汚れた泡だった。ただしそれは洗剤や石鹸《せっけん》などの清潔な印象からは程遠い。人の苦悶《くもん》と死を連想させる、目が細かくておぞましい泡。そいつが洪水のような勢いでローゼンクロイツを丸呑《まるの》みしたのだ。

力と勢いを奪って、消し去る、そんな泡。

そもそものイメージは毒を呷《あお》って口から溢《あふ》れる泡なのか、あるいは消火器なのか。弾《はじ》ける泡の一つでも触れれば人体がどうなるかなど試したくもない。意味不明だけど、多分それはナメクジが塩に興味を持ってしまうのと同じくらいの自殺行為だ。

「ひいいいいいいい」

蜂蜜色の少女が顔を真っ青にしていた。

絶対あそこに呑《の》み込《こ》まれるのだけはしたくない、と顔に大きく書いてある。

　そして、

「……逃げますよ」

『旧《ふる》き善《よ》きマリア』は即決だった。

　今この瞬間が優勢かどうか、程度の浅い見識で彼女は戦略を決めたりはしない。

「CRC相手に六〇〇秒も時間を稼げればすでに奇跡です。せっかく海を割ってもその間に逃走しなければ誰の命も救えません」

　上条《かみじょう》は呆然《ぼうぜん》としたまま、

「あんな、あそこまでできるんだったら……」

「世界を閉じ込めた模型の精度はCRCの方が上です。故に二つの間でできる事にも差が生まれる。今は虚を突いているものの、冷静に対処されればすぐにでも食い破られるでしょう。そうなれば、あれ以上の災厄に呑《の》まれるのはこちらの方になります」

　ぶわっ！　と砂嵐のように何かが視界を遮った。

　黄色い砂。

　それは敗北の色彩だ。もう、なのか。キトリニタスで沈んだ第一二学区同様、この第二防衛線のある第二三学区も終わりの時が近づいているとでも言うのか？『超絶者《ちょうぜつしゃ》』が束になってもローゼンクロイツを一撃に足止めするのが精一杯で、押し切る事はできないと⁉

（ここから逃げるって、それじゃ第三防衛線に……？　第一八学区がやられたら次はもう第七学区だ、あの病院がある……。下がるにしても次がラスト、後なんかないぞ!!)

上条《かみじょう》がそう考えた時だった。

人間の口の端に溜《た》まる泡よりもおぞましい山の中から、声があった。

何かが光った。

「同じ事の繰り返しでは退屈だのう」

ドッッ!!!!!! と。

それは目の前にいる上条達《かみじょうたち》を直接狙ったものではない。

莫大《ばくだい》な殺傷力は野球の遠投のように、彼らの頭上をまたいでいった。

震動があった。

「……うそ、だろ」

上条当麻《かみじょうとうま》は呆然《ぼうぜん》と呟《つぶや》いていた。

遠くの方で爆発が起こり、その余波が遅れてアスファルトの地面を揺さぶってきたのだ。

もう一つ先。ムト＝テーベのいる第三防衛線が、瞬殺。

だけど直近の危機が消えた訳ではない。

「くっ!!」

御坂美琴《みさかみこと》はとっさに親指の爪にゲームセンターのコインを乗せる。

でも多分、すでに彼女自身が理解している。

CRC。

こいつには音速の三倍で直撃させても死なせる事がない。だから躊躇なく構えられると。

「ああああああああああああアア!!」

恐怖を振り切るような絶叫があった。

空気を圧縮する爆音があった。

御坂美琴《みさかみこと》はいちいち結果なんて見なかった。

「今の内に!! 早くっ、ここ棒に振ったら本当に逃げ切れなくなるわよ!!」

上条《かみじよう》は年下の少女から手を引かれるままだった。

向こうでは、何が起きているのだろうか?

第一八学区の第三防衛線など、ない。

ラストチャンスなど挑ませてもくれない。

後はもうストレートに第七学区だ。対抗策がない以上このままローゼンクロイツは病院まで到達してしまう!!

だから。

誰にもクリスチャン＝ローゼンクロイツの歩みを止める事などできなかった。

10

11

がつっ、というありふれた足音があった。

ガラスでできた正面の自動ドアには侵入者を防ぐような役割などない。

馬鹿馬鹿しいほどあっさりと開いた。

機械は誰も差別しない。状況の深刻さに一切関係なく、そのままクリスチャン＝ローゼンクロイツを迎え入れてしまった。

「さあて、搬送された『超絶者《ちょうぜつしゃ》』はどこかのう。名はアンナ＝シュプレンゲルじゃったか」

適当な調子で呟《つぶや》いた。

結局は、ローゼンクロイツから見ればその程度の認識だったのか。彼にとっては自分が始めた魔術結社『薔薇十字《ローゼンクロイツ》』の末裔《まつえい》という特別な存在ではなく、数ある『超絶者《ちょうぜつしゃ》』の一人、自分ルールのゲームで殺してしまえる程度の命でしかない。

「もし、そこの」

ＣＲＣはわざわざ声に出した。

その気になれば残留思念くらい簡単に読み取れるだろうに。

明らかに、楽しんでいた。

「ＩＣＵじゃったか？　アンナ＝シュプレンゲルもしくは住所不定職業不詳の少女Ａが搬送されておる場所があるはずじゃが、どこへ向かえばよいのかのう？」

「ひっ、ひ……」

すっかり腰が抜けて尻餅をつき、廊下の壁に背中を押しつけて、それでも必死になって首を横に振る青年看護師は職業意識の徹底した医療のプロだったのだろう。

微笑《ほほえ》ましいものを見る目でクリスチャン＝ローゼンクロイツは言った。

ゆっくりと、その掌《てのひら》を差し向けながら。

「くっくっ。あまりこの老骨には絡《から》まん方が良《い》いぞ？　……あまり人をイラつかせると、興味を持ってしまうかもしれんからのう」

『よせ』

声があった。

院内薬局前の開けた待合ロビーにずらりと並んだソファの一つ、その端に何かが腰かけていちょこんと座る半透明の人影は両手で掴《つか》んだ缶のお汁粉を一口傾けていた。鳥みたいなくちばしで。

聖守護天使《せいしゅごてんし》とも地球外知的生命体とも呼ばれる謎の存在。

またはシークレットチーフ、その一角。

エイワスと呼ばれる何かだった。

『そこの彼には罪も落ち度もない。「薔薇《ばら》」と「黄金」をまたぐ近代西洋魔術史の因縁に用があるというのであれば、関わる相手を間違えるなよ。ＣＲＣ』

「まったく、シークレットチーフとやらも難儀じゃのう。アレは肺も心臓もすでに作動しておらんはずじゃが、なまじ巫女《みこ》が機械に繋《つな》がれてしまった事で死亡確認も取れんのか？　完全に殺されてしまえば『契約』を失い自由な世界に解放されておったじゃろうに」

ビシリ、と何もない空間からおかしな音が響いた。

乾いたプラスチックが割れるような破壊音だった。

『……ふざけているのかね？』

「世界の行方は遊び心やら向学心やらのために。道化がふざけてやらねばつまらぬ世界なんぞ暗く沈んでいくだけじゃよ」

『それから世界を憂えて達観を気取り、歴史の変化の責任を誰にも押しつけないよう己の情念のみを破滅の指針にすると吼《ほ》える割に、ＣＲＣ、意外と己の足元が見えていないな。まあこれはこちらにとって希望と置き換えられるかもしれないが』

「？」

『ドイツ第一聖堂を守護するシークレットチーフ、つまりこの私とコンタクトを取れる正式な巫女《みこ》は確かに一人きりだが、何も個人的に気にかけている者がそれだけとは限らんぞ』

かつん、という音があった。

それは足音だった。

エイワスと違って肉の体を持つ者が鳴らす、質量の音色だ。

振り返って、クリスチャン＝ローゼンクロイツは笑った。

「……ほう？」

興味深そうに。このつまらない世界に残っている小さな楽しみを見つけたような顔で。

つまりはこうだった。

ベージュ修道服に肩で切り揃《き　そろ》えた金の髪。

肉体的な死を超えて大悪魔《だいあくま》を乗っ取ってでも現世にしがみついた一人の魔術師。

『人間』アレイスター＝クロウリーが立ち塞がったのだ。

12

衝突の少し前だった。

ピリピリとした空気の変化についてはカエル顔の医者も理解していた。

(……病院や学校は狙わない、というほど甘い相手ではないかな? やっぱり)

それでも彼にできる事は限られている。

彼は医者だ。

そして目の前で生死の境をさまよっている———いいや、生命維持装置の力を借りなければ呼吸も鼓動も続かない———患者が横たわっているのだ。現代のあらゆる検査機器でも原因を特定できず、分厚い医学書や難病研究データベースのどこを開いても症例を発見できない病《びよう》巣《そう》だからといって、そこで諦めるほど彼は物分かりが良くない。

匙《さじ》を投げる。

断言して良い、カエル顔の医者が最も嫌いな言葉だ。人命を扱う専門家の感情やテンション次第で患者の可能性を放り投げても良いと考えるような人間は、そもそも医療に関わるなと。

「……さて?」

あらゆる検査機器でも原因を特定できない。

カエル顔の医者が着目したのは、むしろ失敗の記録だった。

「血液検査のために採取したサンプルはやはり？」

「は、はい。五本中五本。何も出ませんね」

若い技師はそれぞれカラフルなゴムキャップで密封された試験管に視線をやった。何も出ないのは喜ばしい結果ではない。何しろ現実に死《し》の淵《ふち》にいる患者がいるのだ。誰が見てもおかしな挙動のパソコンからマルウェア検出件数〇件ですと断言されてしまうようなものだった。

（……明らかに異変は起きていて、しかし数字としては何も出てこない、か）

密閉された試験管の中の血液からは何も見つからない。なら小さな少女（？）の体の中では今何がどれだけ進行しているのだろう。

しかし一方で気になる事もある。

「ふむ？」

容態が急変した患者はいちいち全身をエタノールで拭いて消毒している暇などないし、場合によっては救急車を迎える緊急外来の処置室から急患がそのまま滑り込んでくる部屋でもある。なのでＩＣＵは手術室ほど無菌無塵《むきんむじん》の環境は整えられていない。その代わりに、ドラム缶型の清掃ロボットを頻繁に行き来させて可能な限り清潔な環境を整えている。

手をかざして呼び止め、蓋を開けて中を観察する。

ストロベリーブロンドの長い毛髪が見つかった。

触れてみると、指先にギシギシと軋《きし》んだ感触があった。今抜け落ちたにしては表面の傷みは激しく、まるで数年も床に放置されていたかのようだ。

「……、」

髪や爪の中にも栄養や酸素は行き渡っている。

ただし髪を切っても派手に出血しないところから分かる通り、毛細血管は毛根辺りに繋《つな》がっているので毛先までは存在しない。

何をカギにしているかは分かってきた。

科学的に証明できるかどうか程度でいちいち立ち止まるカエル顔の医者ではない。

「どっ、どうするんですか？」

「人工透析の準備を」

冷静にカエル顔の医者は指示を出した。

細菌や毒物がどのように作用して人を害するかは千差万別だ。ただしその中で、実は大きな割合を占めるのが『人間に必要不可欠な成分と似通った性質を持つから害になる』である。例えば一酸化炭素。酸素と良く似た構造の一酸化炭素が赤血球と結びつく事で、本来血液に乗せて運ぶべきだった酸素が弾《はじ》き出《だ》される。だから酸素を必要とする人間は倒れてしまう訳だ。

目に見えないだけで、元凶は人の体機能に寄り添っている。

呪い、という言葉の響きが邪魔をしているのだ。

悪さをするものは身近にある。ようは人の顔や名前、髪の毛や爪など『オカルトと呼ばれていた何か』に反応して症状が出る致命的な花粉症みたいなものを想像すれば良い。ならばそれを防ぐ方法は何か。

マスクは何にあたる？　予防薬や治療薬は？　どんな言葉に置き換えれば良い。

頭の中で言葉の組み替えさえできれば思考は走る。どれだけ不可思議だろうが、人の命が脅《おびや》かされているのは事実。ならば医者が立ち止まっていられるか。

「……歴史の中には、猛毒の青酸カリを食べても死ななかった人間もいる」

「？」

「ラスプーチン。色々と眉唾な『伝説』も多い人物だけど、公式記録の上では彼は青酸カリの入った洋菓子をいくら食べても死ぬ事はなかったんだよ？　普通の人間なら一〇〇人が一〇〇人とも青酸カリと胃酸が反応して即死してしまうのに、彼の場合は胃酸が非常に弱くて助かった、という説もあるんだってね？」

これもまた致死の回避、その一例。

一見奇跡や悪夢のような結果であっても、科学で回避方法が説明される事もある。

科学的に証明できない病巣《びょうそう》だから、何だ？

発症の条件を外すだけであれば、手元の科学だけでも十分可能。

つまりは、

「この病巣《びょうそう》は『血』を基準に個人を特定して体組織を攻撃する代物らしいからね？　なら、人工的手法によって全身の血を入れ替え、一時的にでも血液型を変えてしまえば『呪い』と呼ばれる病気は行き場を失って迷子になる。こいつの個体識別能力を奪うんだ。良《い》いね？」

ガチャガチャゴロゴロと多くの機材がＩＣＵに運び込まれていく。作業の邪魔にならないよう、カエル顔の医者はいったんＩＣＵの外に出る。

息を吐いた。

誰かが佇《たたず》んでいた。

アレイスター＝クロウリー。

旧知であるが故、カエル顔の医者はいちいち驚いて振り返ったりはしなかった。どうして、どのようにして、そんな理屈を把握している訳ではない。ただ、この『人間』には理解のできない事ができる、というシンプルな事実を受け入れているだけだ。

傍《かたわ》らにゴールデンレトリバーを従えるアレイスターからの問いかけはシンプルだった。

そこに全てが詰まっていた。

「……どうするつもりだ？」

「僕は患者が生きたいと願う限りは持てる技術と資材を全て注ぐつもりだよ？」

「こんな状態のアンナ＝シュプレンゲルに、どうやって意志を確認した。脳波のパルスを読み取ったって会話はできないはずだ」

「確かに。だけど患者の身柄を預け、命を懸けて頭を下げた者がいる。本人の声は聞いていない、ひょっとしたら今この場で生きていきたいと思えるだけの原動力はないかもしれないよ？　だけど、あの少年なら必ず引き出せる。たとえすでに生きる理由を持たない者の胸の内からでも、新しく。ならそいつに賭けてみるのだって悪くはないだろう？」

クリスチャン＝ローゼンクロイツの接近については理解している。しかしカエル顔の医者は、この街の真実をどれだけ熟知したところでただの医者だ。かつて存在した『暗部《あんぶ》』の化け物どもとは違って、自分で戦って聖域を守るだけの戦力は持っていない。

だから、だ。

「手を貸すつもりはないかい？」

「……、」

「いい加減に、君だって使ってみたいんだろう？　自分以外の何かのために、己の全力を」

決して大仰で長々とした語りではない。胡散臭《うさんくさ》い政治家の演説や放映後三〇分間限定と焦《あせ》らせるテレビの通販番組とは違うのだ。お互いの事を深く理解している二人であれば、むしろ身振り手振りを使った演出効果など蛇足にしかならない。

アレイスターは俯《うつむ》いたまま、小さく呟《つぶや》いた。

ひょっとしたら、それは目の前のカエル顔の医者に尋ねた訳ではなかったかもしれない。

「……私が創った街だが、すでに手を離れた。今さら学園都市《がくえんとし》で死力を尽くして何になる？」

ICU

対する返答は一つだった。

カエル顔の医者はシンプルに答えた。

旧知。

故にこそどんな言葉が一番刺さるかを十分に熟知した、古き友の声で。

「『彼』が喜んでくれるんじゃないかな？」

13

だから、だ。

魔術師と魔術師は正面から向かい合っていた。

戦うどころか逃げる勇気すらかき集められなかった『人間』が、ようやくのスタートを切る。

そしてこの『人間』の場合、決断さえしてしまえば後は早い。

行動力については過去の歴史が証明している。

『アレイスター』

「君は下がっていろ。……そしてこれから先、何があっても動じるな」

『人間』とゴールデンレトリバーの会話は、それだけだった。

衝突が始まった。

ヴン!! と空間が唸《うな》る。

クリスチャン＝ローゼンクロイツは目の前のアレイスターではなく、周囲に目をやった。

景色の何が変わった訳でもない。

楽しげにCRCは呟《つぶや》いた。

「……『位相』をズラした、か」

「驚くような事かね？『位相』をオモチャにするくらいメイザース達でもやったぞ。幽体離脱を利用して別の『位相』を覗《のぞ》き込《こ》み、異なる『位相』から力の塊を取り出し仮初めの質量を与えて。……おかげで無用な『火花』が散り、罪もない人々が随分と犠牲になったが」

ここはすでに違う世界。

すぐ隣にいるゴールデンレトリバーが永劫に隔絶される。

強大極まりない魔術師と魔術師が正面衝突したからといって、病院の建物が崩れる事もなければそこで働く医者や身動きの取れない患者達が流れ弾に巻き込まれる恐れもない。

「こちらも新たな神話を広めて連なる『位相』の群れに手を加え、『火花』の発生を抑えるために緩衝材を差し込もうとした愚か者だ。もっとも神という既得権益を独占的に守ろうとする十字教と無邪気に振り回される数十億もの民衆に邪魔されてまともな結果は出せなかったがね。それでも理論自体は本物である以上、個に対する神隠しくらいの芸当なら不可能じゃない」

お膳立てはもう終わった。

アレイスターとローゼンクロイツは同時に一歩前に出た。

ボッッッ!!!!!! と。

空気が圧搾《あっさく》され、閃光《せんこう》が歪《ゆが》められた。

クリスチャン＝ローゼンクロイツの手にあるのはガラスでできた古いランプ。収められているのは永遠に消える事のない光と揶揄《やゆ》されるエネルギー塊。そいつをガラスケースの外へ少し出すだけで、優しい明かりは空間中の酸素を貪り尽くす紅蓮《ぐれん》の蛇と化す。

対して、アレイスターは一言だった。

「大悪魔」

『きひひ！　いひひひひっ、ひはははははははハハハハはははははははは!!!!!!』

歪《ゆが》んで、ねじれた。

アレイスターの手前で見えない壁にぶつかり、赤は横手のコンクリの壁を溶かした。

『人間』は眉一つ動かさなかった。

最初のきっかけはキングスフォードからもらっている。制御法はこの手の中にある。

「……過去の伝説にすがるかＣＲＣ。地金が見えてきたんじゃないのか？」

ローゼンクロイツは息を吐くと、子供がオモチャに飽きたように永劫《えいごう》のランプを肩越しに後ろへ放り捨てる。

アレイスターの背中でコウモリのような翼が大きく羽ばたき、死の暴風が世界を撫《な》でた。

それは触れるものを全て真っ黒に腐らせる隙間なき流れだ。

暴風そのものに色彩はない。床、壁、天井。次々とどす黒く変色して無残にめくり上がり、ローゼンクロイツに迫っていくだけだ。

CRCの手にはいつの間にか粉末の入ったフラスコがあった。いいや、本当にあるのかははっきりしない。思わずそう見えてしまうくらい仕草や挙措が完璧なだけかもしれなかった。とにかく銀の青年は親指で栓を抜いて赤い粉末を撒《ま》く。伝説の魔術結社『薔薇十字《ローゼンクロイツ》』が追い求めたのは人の不死などという矮小《わいしょう》な目的ではない。

「『変革』」

文字通り大きな世界は一変した。

黒が消失する。深い森の中のような、マイナスイオンで満たされた清浄な空間が出来上がる。まるでテニスのラリーのように、世界の主導権は次々と入れ替わっていく。

気軽に。

あっさりと。

これが表の世界なら街が丸ごとめくれて腐り、緑の木々に埋もれていたところだ。

「なるほど、若造は単独で戦っているのではなく、他者の力をも借りて上乗せしておった。この老骨を前にして大言壮語を吐ける虚《うつ》ろな源はそこにあったか」

「聖守護天使」

「そして二人でもない、と。……しかし自分で情けないとは思わぬのかえ？　結局若造は自分で克服した訳ではない。己より強い者にすがって、背中に隠れて、安全な場所からこの老骨に石を投げておるに過ぎぬというのに」

「何だ。分からないのかね？」

「？」

「分かっていないのであれば、大変結構。この衝突、それだけで意味があった」

クリスチャン＝ローゼンクロイツはわずかに遅れて視線を振った。

自分の指先に。

人差し指の爪が小さく割れ、確かに血があった。

「……完成された個と嘯《うそぶ》いておきながら、七人の弟子と共に『聖霊《せいれい》の家《いえ》』を造り特別な墓所に収まったのだ。結局は貴様も地形に由来する記号や色彩を意識して自己を整える魔術師という訳だろう」

アレイスターはあっさり言った。

隠すほどの事でもない。

「ならば異界に飛ばしてしまえば良い。もう土地からの支援はないぞＣＲＣ、スマホのＧＰＳ地図アプリを火星で使うようなものだ。一つの世界の外に出れば勝手は変わる」

「ふむ」

率直に、だった。

クリスチャン＝ローゼンクロイツは小さく頷《うなず》いた。相手の言い分を認めたのだ。

ただしその上でこう言った。

断言であった。

「しかしこの老骨の機能を多少奪ったところで、若造の力が何かしら一つでも強化された訳ではないじゃろう？」

爆発があった。

ローゼンクロイツはその場から動かなかった。ただ掌《てのひら》をかざしただけだった。それだけで、アレイスターの胸の真ん中に異変があった。鉄錆《てつさ》びが込み上げ、抑えられずに赤を吐き出し、そしてベージュ修道服の女の両足が床から浮く。

人としての五感どころか、大悪魔《だいあくま》と聖守護《せいしゅご》天使《てんし》の感覚器官も振り切った。アレイスターの体が病院のロビーを何度も跳ね、ズラリと並ぶソファを薙《な》ぎ倒《たお》し、破砕音がいくつも連続した。

ＣＲＣは手の甲側から自分の爪を見ていた。

「……何をされたかは分かるかえ？」

小手先ではない。

基礎の土台、根っこが違う。

クリスチャン＝ローゼンクロイツは退屈そうに己の指先へ息を吹きかけた。

「薔薇《ばら》の達人は呪文や魔法陣をそのまま使う事はせん。ありふれた景色の中に隠れる寓意《ぐうい》からあらゆる神秘を取り出すものじゃ。アスクレピオスの杖《つえ》、十字架、ヒポクラテスの誓い。病院なんぞそれこそ奇跡を示す記号と属性の宝庫じゃぞ？」

「どうせ違うだろ……」

「くくっ。真なる達人は長々とは語らない、かえ。死したお嬢ちゃん、キングスフォードとやらのくだらん縛りを守る事に今さら何の意味が？」

チリッ、と空気が粉塵爆発《ふんじんばくはつ》より恐ろしい引火性を帯びる。

だがそれ以上状況は動かない。自分以外の誰かを嘲弄されてもアレイスターには反撃のための力がない。

空気の流れがあった。

ズレていた『位相』が戻る。クリスチャン＝ローゼンクロイツはありふれた病院のロビーに立っていた。腕を振るえば柱も壁も壊れて人が死ぬ、当たり前の空間に。

アレイスターは血まみれだった。吹っ飛ばされ、待合室にあったいくつものソファを潰して床を転がり、柱に背中を預ける格好で座り込んでいた。

『馬鹿者っ、キングスフォードの生き様に焦がれているからと言って、全く同じ末路をなぞるヤツがいるか⁉』

木原脳幹《きはらのうかん》の声があった。それで、『位相』のズレが戻ってしまったかとアレイスターは理解した。世界最大の悪人と呼ばれた『人間』は起き上がる事もできないまま、小さく笑う。

CRCはいちいちそっちを見なかった。

「こんなものかね？　この時代の魔術師というものは」

しかしアレイスターの顔には、焦《あせ》りも悔しさもなかった。

ソファをいくつも潰して倒れ伏したまま、『人間』はうっすらと笑ってこう言ったのだ。

「目的を履き違えてはいないか？　CRC」

「？」

CRCからそんな表情を引き出す事ができたのは、キングスフォードに続いて二人目か。

だからその言葉もまた、自分のためにあるものではない。

全ては次なる挑戦者のために残すものだ。

達人に憧れた。

その生き様に。

木原脳幹《きはらのうかん》の言葉を思い出す、もし重なっているように見えるのならば光栄だ。

「……退屈しのぎ？　こんなつまらない世界に再誕させた罰として『超絶者《ちょうぜつしゃ》』を全て殺す？」

故に、鼻で笑っていた。

血まみれのアレイスター、その瞳にあるのは明らかな嘲弄だ。

昔から、自分より偉大なものにこそ疑問の目を投げかけるのがこの『人間』最大の特徴だった。たとえそれで世界の大多数から変人扱いされ、常に排斥されようとも。

そうして『人間』は魔王と罵られながらも、誰にも理解できない真実を獲得したのだ。

つまりはこうだ。

「もっともらしい事を言って真意を悟られないようにしているのか、自分自身すら目《め》を逸《そ》らしているのか。……結局、貴様は生みの親が怖かっただけだろう？　特別な方法を使ってＣＲＣを再誕させた『橋架結社《はしかけけっしゃ》』であれば、儀式の手順や記号を組み替える事でＣＲＣを即座に死滅させる方法を得る可能性だってあるかもしれない。自由を奪われる事を恐れたから、貴様は再誕した瞬間に生みの親を攻撃した。当の『超絶者《ちょうぜつしゃ》』達《たち》が呆気《あっけ》に取《と》られるほどの速度でな」

例えば魔術としての幽体離脱は意識を肉体から離す術と肉体に戻す式の全てでもって一つの術式として存在する。つまり離す術を組み替えれば戻す式は求められるのだ。降霊術にしても人形を使った呪詛《じゅそ》にしてもみんな同じ。大抵の魔術は『ただ一方的に放っておしまい』とはならない。これは、爆薬を扱う技術者は爆破そのものと同じくらい爆破させず安全に保つ知識にも重きを置くのと一緒だ。

その極みとして、イギリス清教はありとあらゆる魔術師への対抗手段となる魔道書図書館《まどうしよとしよかん》なんてものを求めたのだ。

「貴様を倒す方法くらい、この世にあった。最初からすぐそこに」

「……、」

「だから縛られるのを嫌った貴様は、まずその一点から切り崩す事にした。わがまま『超絶《ちようぜつ》者《しや》』どもの声を全部聞いて見ず知らずの人類を一人一人拾っていくなんていう、世界を救う自転車バイトをやらされるのだけは何としても拒否したかった訳だ」

最も難易度の高いアリス＝アナザーバイブルは狙い通りの奇襲でまんまと死亡し、幼い彼女によって繋《つな》ぎ止《と》められていた『橋架結社《はしかけけつしや》』は空中分解した。もう一度『超絶者《ちようぜつしや》』を全員一ヶ所に集結させるのは、アラディアやボロニイサキュバスなど当事者達でも不可能だろう。

これではまさしくCRCの狙い通りだ。

大仰な仕草や無意味な言動なんて、一皮剝《む》けばこんなものか。

無条件で世界中の皆からチヤホヤされている、神やカリスマと呼ばれるモノは基本片っ端から疑ってかかるアレイスターだからこそ、ここだけははっきりと言える。

「……そもそも私の目的は自分の名誉ではない。生死の行方など勝敗条件に組み込んでいない。これは貴様が最初に自分で勝手に設定した話だろう？　要約すれば、つまりこれはアンナ＝シユプレンゲルを守れるか否かの戦いであると」

「まさか……？」

その『人間』は静かに近づきつつあった。

真なる達人の領域へと。

本質としては強烈な『個』でありながら、しかし他者を尊重し、自分以外の何かのために死力を尽くす事ができる魔術師だけが到達を許される段階。そのほんの入口へと。

そうなるように、知の大女神から託された。

だから血まみれの『人間』は、やはり笑って断言できるのだ。

「……あらゆる幻想を殺すあの少年が最後の瞬間に間に合えば、私の勝ちだ」

14

そして。

上条当麻《かみじょうとうま》は立ちすくんでいた。

カエル顔の医者の病院、その正面玄関から最初の一歩。

すでにそこは赤と黒の異界だった。

そして全ての焼き増し。景色は壊れ、見知った人が血の中に沈み、そしてクリスチャン＝ローゼンクロイツだけが悠々とその場に佇《たたず》んでいる。

「よほど期待をされておるようじゃの？」

「……、」

「さてどう動く？　まさかここまで負け続けておいて、今さら一人で何とかできるとは思っておるまい。辺りに侍《はべ》らせた『超絶者《ちょうぜつしゃ》』に助けを求めるかえ。無力な自分はひたすら後ろに下がり、指揮官気取りであれこれ指示を出してこの老骨を削り取ると？　くっくっ、この老骨はそれでも構わんよ、一向にな。そもそもこちらとしては『超絶者《ちょうぜつしゃ》』を全て殺すのが自分ルールになっておる。秘蔵を最前線まで出してくれると言うのであれば、きひひ、感謝と共にありがたく平らげよう」

「ダメよ」

隣に並び立ち、ほっそりした腕を水平に上げて上条《かみじょう》を押《お》し留《と》めたのはアラディアだった。

「CRCの側からこちらに利する発言が出てくるなんて甘い事は考えないの」

こちらに視線を振るほどの余裕はないのだろう。

だが、挑発に乗るなと全身の気配が語っていた。

ムト＝テーベは行動不能、生死不明の状態だ。

アラディア、ボロニイサキュバス、『旧《ふる》き善《よ》きマリア』。つまり今ここにいる『超絶者《ちょうぜつしゃ》』はこれだけ。適切に運用できなければ、勝てるものも勝てなくなる。ある意味で『超絶者《ちょうぜつしゃ》』以上に稀有《けう》な性質のある幻想殺し《イマジンブレイカー》をこんな所であっさり潰してしまってはならない、と。

「きひひ。いひ、きひひひひひ」

迫る。

対して、クリスチャン＝ローゼンクロイツは真正面からこちらに近づいてくる。

銀の顎ひげを指先で弄びながら、

「どうした、もうおしまいかえ？　他に選択肢や切り札は？　その背に守るべき者を負えば、自身の限界を超えた力を発揮する。そのように期待された性質はどこへ行ったのじゃ」

それは同じ次元で戦う者の行動ではなかった。捕食する側と被食される側がはっきりと線引きされた、ただの虐殺だ。

極限の状況が、これまで見てきたものを上条《かみじょう》の脳裏で高速展開させていく。

どこかに糸口はないか。

何かをやり残してはいないか。

無駄だと分かっていても、それでも諦められない本能が延々と空転を繰り返す。

●アリス＝アナザーバイブルやアンナ＝キングスフォードは死んだ。

●街の治安を守る警備員《アンチスキル》や風紀委員《ジャッジメント》ではダメだった。

●自爆攻撃すら含む無人戦車や機動戦闘車などを使った車両戦闘では歯が立たなかった。
●巨大なガンシップでも有効なダメージは入らなかった。
●魔道書図書館《まどうしょとしょかん》インデックスの知識も、『魔神《まじん》』オティヌスの戦術も追い着かなかった。
●学園都市第三位《がくえんとしだいさんい》の『超電磁砲《レールガン》』も、第五位の『心理掌握《メンタルアウト》』も通じなかった。
●衛星軌道上から落とされたタングステン合金の重金属空爆も、巨大円形加速器『フラフープ』を使った粒子加速砲もヤツを止められなかった。
●ボロニイサキュバスの『コールドミストレス』、『旧《ふる》き善《よ》きマリア』のトリビコスなど『超絶者《ちょうぜつしゃ》』の大技でもクリスチャン＝ローゼンクロイツを完全に仕留めるには至らなかった。
●そしてアレイスターだって。

たった一人。

クリスチャン＝ローゼンクロイツ。あの怪物は一人きりで街を闊歩《かっぽ》しているだけなのに。

逃げて、立て直し、再び挑む。

上条達《かみじょうたち》にはそれが精一杯だった。第一から第三防衛線まで全て失い、結局は第七学区にある病院の中まで追い詰められてしまった。もうこれ以上は後ろに下がれない。すぐそこはＩＣＵで、多くの精密医療機器に繋《つな》がれたアンナ＝シュプレンゲルが生死の境をさまよっている。

今、銀の青年があそこに踏み込んでしまったら全てが終わる。

でも。

だけど。

悪夢のような戦果を改めて並べてみて、ふと少年は気づいてしまう。

それは本当に、上条当麻《かみじょうとうま》自身が死力を尽くしたと言えるのか？

確かに、だ。

今回はスケールが違った。

鉛弾や爆発物が横殴りの雨みたいに飛び交う戦場で下手に右の拳を握って突っ込んだって、何の力にもならないばかりか味方の弾を背中にもらうリスクさえあった。幻想を殺す力だけ振り回したって解決するような話じゃなかった。

ただ……。

（俺には、何ができる？）

考える。

ギリギリの土壇場《どたんば》まで追い詰められて、上条当麻《かみじょうとうま》は今一度本当に考える。

こんなので納得できるのか。

勝てないからと言ってＣＲＣに道を譲り、アンナ＝シュプレンゲルを諦めてしまうのか。上《かみ》条《じょう》が頭を下げたからではない、状況に流されて正当防衛で仕方なくでもない。アンナは悪女だけど、でもそんな彼女の未来を信じてもう一度立ち上がってくれた人達が理不尽に虐殺されていく光景を、使える手札がないからもう止められないの一言で諦めて眺めるつもりなのか。

上条《かみじょう》の胸の奥で何かがあった。

それは鼓動だった。

無理だ。

ふざけるな。

ならば反則をテーブルに並べろ。やってはいけない選択肢を表に出せ。それが分からないならやっぱり上条《かみじょう》は死力を尽くしていない。ただ眺めていただけだ。自分の手を動かしていないから、己の前にどんな手札が残っているかも理解できていない。それではダメだ。誰よりも流されていたのは、実はたった一人でアンナのために戦おうとした上条自身《かみじょうじしん》だった。そんな風に終わらせてはならない。何があっても。

(……そうだ)

足掻《あが》け。

もっと足掻《あが》け!!

(まだ一つ)

アンナ＝シュプレンゲルを助けたい。無関係な人達が理不尽に巻き込まれていくのも止めたい。そのためには何としてもここでクリスチャン＝ローゼンクロイツを倒さなくてはならない。

分かる。並べた前提にはたった一つの誤りもないだろう。だけどそのために、具体的にだ。これまで上条《かみじょう》自身《じしん》は何をやってきた？

あらゆる幻想を殺す力。

だけどそれ以外の何もできない力。

過酷な現実に対処のできない自分自身。本当にそれで良《い》いのか？

まだ何か、選択肢を温存してはいないか。

「……、」

上条当麻《かみじょうとうま》は知っている。

この世界は本当の本当に残酷で、悪い状況をただ放置すれば本当に人が死んでしまう事を。

実際にアリス＝アナザーバイブルの命が無慈悲に奪われたのがそれを証明してしまった。

今のままでは。

何も知らない青髪《あおがみ》ピアスも。

倒れた悪女を助けるために手を貸してくれたカエル顔の医者も。

何の報酬もないのに死力を尽くして戦ってくれた『人間』アレイスターも。

そして。

自分では肺も心臓も動かす事ができなくなってしまったアンナ＝シュプレンゲルだって。

だから、

「……め、御坂《みさか》」

上条当麻《かみじょうとうま》は手にしたスマホを摑《つか》み、そう呟《つぶや》いた。

何かに気づいた魔女達の女神アラディアがハッと顔を上げた。

「っ、やめなさい上条当麻《かみじょうとうま》！　それは……ッ‼」

「このGPS信号に撃ち込め、一階正面玄関から左にある窓からだ。それでローゼンクロイツは倒せる‼」

反応は素直だった。

壁の向こうにいる御坂美琴《みさかみこと》はおそらく事態には何も気づいていなかっただろう。

ただ、アラディアだけが目撃していた。

閃光《せんこう》、爆音、そして衝撃波。

壁を貫いて真《ま》っ直《す》ぐ飛んできた『それ』は、決して誤射ではなかった。

全ては上条当麻《かみじょうとうま》の狙い通りになった。

すなわち。

赤が飛び散った。

上条当麻《かみじょうとうま》の右腕。そいつが肩の辺りから千切れて宙を舞っていた。

クリスチャン＝ローゼンクロイツは掌《てのひら》をかざしたり視線を向けたりするだけで、上条《かみじょう》の右腕を吹き飛ばしにかかる。幻想殺し《イマジンブレイカー》しなんて、どうせあってもヤツの攻撃を防ぎきれない。むしろこれがあるから上条当麻《かみじょうとうま》は自分の選択肢を封じてしまっている。

なら。

だったら。

彼は歯を食いしばって、両目を固く瞑《つむ》って。

そして自分の意志で強く開く。

同時だった。

どぶっ!!　という鈍い音と共に、肩の断面から何かが飛び出した。明らかに血液とは異なる、半透明の塊。それは上下の概念を獲得するとメリメリと音を立てて己を形成していく。凶暴な牙をずらりと並べた巨大な顎へと。

『……良《い》いよ』

すなわち。

ドラゴン。

どこかから声が聞こえた。それは上条当麻《かみじょうとうま》の頭の中からだった。

い、い、い、い、い、い、い。

もう一人の少年は明確に言った。

『こっちだって、いい加減にムカついていたところだ。もう我慢はナシ。テメェがやらなきゃ俺が勝手に表に出ていたところだぜえ!!!!!!』

そして白目の毛細血管が破けて真っ赤に染まった瞳で、少年は小さく呟《つぶや》いた。

呪いのように。

「……こんな右手がなければ」

15

自分から呼び出した。

人生でたった一度だけ、思い切り反則をしよう。

この瞬間、ありふれた高校生はただの無能力者《レベル0》である事をやめた。

行間　三

ドイツ、バイエルン州、ニュルンベルクだ。

「お姉様、そろそろ食事にしませんか。もうお昼も過ぎて久しいっつーの……。だってドイツまで来てハンブルクもフランクフルトも食べないなんて旅のプランは間違ってるうーっ！」

「あなたはドイツへ何しに来たのです、地図を千切って食べるとか？　ほらリリス哺乳瓶」

空腹で嘆くダイアン＝フォーチュンに、抱っこヒモの赤ちゃんをあやしながらミナ＝メイザースは冷たい目をしていた。

黒猫の魔女的にはアンナ＝シュプレンゲルの足跡を追うためにやってきたのだが、調査を始める前から結論は分かっていた。

「近代西洋魔術史の常識と照らし合わせれば、答えは明白です。シュプレンゲル嬢は存在しない魔術師だった。『黄金』設立時、歴史や箔《はく》が欲しかったウェストコットが秘奥《ひおう》の結社に許可をもらって創設した……という『伝説』を作りたくて捏造《ねつぞう》した、架空の魔術師。つまり全ては文通という手段を介して行われた一人芝居の相手でしかありません」

「……実際、普通の方法じゃヨーロッパ中をくまなく探し回っても例の第一聖堂は見つからないって話でしたよね」

「フェルキンなどはシークレットチーフ見たさに大枚はたいて欧州各地を迷走した挙げ句にニュージーランドまで旅立ちましたし」

「なーんでオトコってのは終わりのない大冒険に焦がれるんでしょうかねえ？　まあ明らかに大変そうな探索を始める前から尻込みして、伝説のドイツ第一聖堂は物質的には存在せず『黄金』に関わるみんなの心の中にあるのですー的な仮説もどうかとは思いますけど」

「今日の心霊現象が物理的に矛盾のない証明行為を試みるより脳科学や心理学の精神的錯覚だと言い切った方が楽なのと一緒でしょう。困難に直面した人間の対処法は昔から大して変わっていない証拠です。まあ幽体離脱して『位相』をまたげばシークレットチーフやその巫女《みこ》からメッセージを受け取れるのなら、わざわざリアル住所を探し当てる必要もないだろうというのが当時の大勢でした。一緒に作業をするだけなら光回線で繋《つな》がったリモートワークがあれば十分、と。顔も見えないぼんやりした影の正体が本当のところ誰だったのか分からずにね」

以上が全ての前提だ。

そいつを正しく踏まえてから、

「できない弟子よ。だとすれば、これは何なのですか？」

「……何なんでしょうね、お姉様？」

建物はない。

ただ地面にはL字に石のブロックが並べられていた。建物の基礎、一部分だ。古い遺跡のように、存在しないドイツ第一聖堂リヒト＝リーベ＝レーベンの物的証拠が残されている。

「お姉様、つまり何がどういう事なんでしょう？　わたしは早く地ビール呑《の》みたいです。ドイツ人のプライドからお水より安いお値段で売ってる伝説を持つ真っ黒な極上ビール様を」

「呑《の》むんじゃねえしあなたの場合は英国民の血税使って調査に来たんでしょうが」

「ええー、何でお姉様がイギリスのお財布事情をそんなに気にするんですかあー？」

「ミナ＝メイザースとは元々ロンドンで活動していた魔術師だったからですよ愚かな弟子」

ドイツ第一聖堂。

跡地とはいえ、存在してしまっている。

この矛盾にはどんな作為が込められているのだろう？

「ううー。アンナ＝シュプレンゲルっていうのは秘密の文通のために一人二役を演じていた、言ってしまえばウエストコットの副アカみたいなものなんでしょ？　これ、検視官のおっさんが女装してドイツを練り歩いていたって話じゃありませんよね」

「正直そうだったら面白すぎる仮説ではありますが、おそらく違うでしょう」

ミナ＝メイザースはその場で屈《かが》み込《こ》んで、L字の基礎を詳しく眺めてみる。

ここにある建材、その炭素系の同位体を調べれば正確な年代は分かるはず。

目に見える遺跡があるからといって、意外と新しい可能性も否定はできない。

そして小細工が徹底しているからこそ、かえって見えてくるものもある。

「……おそらく、『薔薇十字《ローゼンクロイツ》』系を専門とするアンナという魔術師はいたのでしょう。アンナそれ自体はさほど珍しい名前ではありませんから」

「ぶえー？　アンナって、偽名で良《い》いならもっと手の込んだ名前にしません？」

「流石《さすが》はダイアン＝フォーチュン、大した中二マインドです。そういえばあなたも本名h」

「げふっごほん！　脇道に逸《そ》れるのはやめましょうお姉様。そこをついても不毛です‼」

「ヴァイオレット＝ファース。フツーに可愛《かわい》らしい名前だとは思うのですが」

「全力で止めてんだから言うんじゃねえし本名をッッッ‼‼‼」

普段は超カッコイイハンドル使ってる子が顔は真っ赤の涙目でぷんぷんしていた。本人的には何かしら思うところがあるらしい。

ただまあ、結局、強烈な『個』こそがその価値を決める魔術師の世界なんて一事が万事そんなものかもしれない。

周囲の目を気にして自己の内面を修正できてしまう人間は、そもそも尖《とが》れない。

（ま、それを言ったらウチの旦那なんか職業ほぼ無職で自称だけのスコットランド貴族でしたからね。あの凝り性、わざわざ自分の血統に名前をつけて色んな『設定』で周囲を固めて……。情熱さえあれば中二はおっさんになっても継続されると歴史が証明してしまった形です）

「はあ……」

「お姉様、ため息が重たいけど急にどうしたんですか？」

「いえちょっと、常識人としての気苦労が脳裏をよぎってしまいまして」

「キレると容赦なくにゃんこ系クロー攻撃をお見舞いしてくるあのお姉様が常識……？」

「グーは使いませんし台所の刃物にも頼らないのですから十分すぎるほど常識的でしょう」

「パレットナイフはどーしたいつでもブンブン振り回している例の金属凶器は」

「自らの師に異を唱えるとは何事ですかできない弟子。このような残念愚妹《ソロール》には間違った認識を速やかに修正し、そして正しく導くための甘口おしおきが必要ですね」

「だからッ！　今!!　どこが甘口だッあぁーいたーい!!⁉⁇」

服の上からゴリゴリと、金属のヘラをおへそにねじ込む格好で思いっきり実力行使が顔を出したが、まあ一九世紀末から二〇世紀初頭辺りの教育環境なんて粗削りも良《い》いところだ。

「うふふ、我慢に我慢を重ねた奥さんがそれでも思わず出しちゃう手首だけのひっかき攻撃だなんて可愛《かわい》らしいものではないですか。にゃんにゃんっ☆」

「ナニこんなえげつない暴力沙汰に女子力アピールぶち込んでくれてんだっ、主な被害者はわたしであって背中一面虎みてーなクローでざっくりレベルなんですけど⁉　猫とネコ科は危険度が全然違うっつーのあなたの弟子はシリアスに死にかけてますよあの一件でッ‼」

常識的じゃない弟子（断言）の証言は話半分に捨て去るとして。

表面のサンプルを削り取る前に、ミナ＝メイザースはスマホの写真よりも精巧なスケッチを通してL字の遺跡を記録していく。しかも抱っこヒモのリリスをあやしながらだ。

「しかしこのアンナがどこのアンナか私達は知らない以上、メジャーな魔術師ではありませんでした。そして有名でない魔術師の言葉を素直に聞く人間も少数だったはず。出自不明のアンナは『薔薇十字《ローゼンクロイツ》』系の正しい知識を有したにも拘《かかわ》らず、きちんと伝える方法がなかった」

「誰もがアンナを侮《あなど》って、オレならこうするアタシならこんなもん余裕でショートカットできるって勝手に分厚い魔道書のページを飛ばしまくった訳ですか……」

その後に何が起きたかは、まあ言うに及ばずだろう。

厚さ八センチ以上ある飛行機の分厚いフライトマニュアルの最初の数ページで辟易《へきえき》して本を閉じ、コックピットに乗り込んだらどうなるか。少し考えれば悲劇は容易《たやす》く想像できる。

『薔薇十字《ローゼンクロイツ》』は、別名を見えない大学という。

膨大な知識は一つ一つを順番に学習させるために計算して並べられており、あれが好きこれは嫌いでつまみ食いをしても実践など到底できない。なのに趣味人はインパクトが強くて格好良い単語を抜き出すだけで、その呪文や記号が何をもたらすかちんぷんかんぷんなまま実作業に移ってしまう。勉強はしないけど卒業証書や学歴は欲しい。欲求としては分かるが、そんなの叶《かな》えたところで誰も幸せにはなれない。場合によっては命にさえかかわるというのに。

絶望しただろう。

正しい方法を順番に教えても全く従ってくれない無知なる群衆に対してはもちろん、それ以上に、彼らをまともに導く事もできない自分自身のマイナーさに。

アンナの中にあった知識が正しいかどうかが問題なのではない。

彼女の言う事はきっと正しいのだろうという信用が足りていない。

だから侮《あなど》られ、だから派手に失敗し、だから全く無意味な死や心の崩壊は後を絶たなかった。

本来なら、たったの一人も犠牲になる必要はなかったはずなのに。

そして、

「……彼女は己に箔《はく》を求めた。悪いのは愚かな弟子ではない。自分自身の知名度の低さにこそ、死と精神崩壊の連鎖の原因がある。逆に言えば、己がメジャーな何かにさえなれれば、叡智《えいち》を求めては目の前で失敗していく弟子達を今度こそ正しく成功に導けると考えたのです」

「……、」

「時同じくして、イギリスでは魔術結社『黄金』を創設するため架空の『伝説』欲しさにウェストコットが一人芝居の謎の文通を始めようとしていた。彼自身も驚いたでしょうね。一人二役、架空の人物を創作しようと思ってありもしないテキトーな住所へ手紙を送っていたのに、まさかアンナ＝シュプレンゲルを名乗る人物から本当に返事が来てしまうだなんて、と」

「そりゃあ、ビビるでしょうねえ」

「さぞかし仰天したでしょう。ついでに、顔から火が出るくらいの事にもなったはず」

頭の中で思い描いていた理想の嫁や自分でキャラメイクした女の子が知らない所で独り歩きを始めてしまった。今で言うならそんな感じかもしれない。

怖かったのか、あるいは喜んだのか。ウェストコットは結局死ぬまで『文通』の真相については誰にも相談をしていない。同じ『黄金』の魔術師に対しても、だ。

「自動書記なのか夢遊病なのか、身近にいる『黄金』の仲間の誰かが便箋をこっそり見て面白半分に返信をしているのか、あるいは架空の手紙を回すという儀式的行為を繰り返す事によって遠く離れたドイツでいもしないシュプレンゲル嬢を生成してしまったのか。魔術師の他にも検視官としての顔を持っていた彼です、様々な側面から思い悩んだ事でしょう」

「いやー、教会へ懺悔《ざんげ》に行ったり頭の病院に駆け込んだりを躊躇《ためら》ったのは賢明でしたね」

「イギリス清教の神父さんに魔術の話を白状して良い事はないですし、一九世紀当時の精神医療のクオリティは推して知るべしです。変人揃《へんじんぞろ》いの『黄金』の中で彼は数少ない常識人の枠にいました。体面を気にします。真面目に相談して、このおっさんまだ思春期が終わらんのかと呆《あき》れられたくはなかったはず。魔術結社だの一人文通だのって何なのという話になりますし」

だから、ニュルンベルクにドイツ第一聖堂の基礎が残っているのだ。

シュプレンゲル嬢。

その役を借りたアンナが欲しがったのは箔《はく》。

そしてそのためならば、縁もゆかりもないニュルンベルクまでやってきて遺跡の捏造《ねつぞう》を行うくらいは苦に感じない。もしイギリスから『黄金』関係者が真偽を確かめにドイツ南部までわざわざ足を運んできた時に、さぞかし驚いていただくために。

ダイアン＝フォーチュンはややうんざりした感じで、

「じゃあウェストコットが作ったフィクションに付き合うために、アンナは彼の手紙に目を通してから後付けでニュルンベルクの街並みを自由自在にクラフトしていったって訳ですか？　これまた壮大な話に……」

「そこまで徹底したかったんでしょうね。ウェストコットやメイザース達は突如浮上したシュプレンゲル嬢の存在を信じて畏敬の念を抱いていましたが、アンナからすれば逆にロンドンで世界最大の魔術結社が発生すれば、その創設に関わった伝説の魔術師として自分自身を大きく宣伝できる。一九世紀末、まだ第一次世界大戦前ですから世界の中心はアメリカではなくイギリスだった頃の話です。広告塔を置く場所として、ロンドンは最強でもあった」

ただ結局このパズルは少々難解過ぎたようで、シークレットチーフや巫女《みこ》と出会うべく欧州を旅した『黄金』関係者はニュルンベルクの仕掛けを見つける事すらできなかったようだが。

「シュプレンゲル嬢は真っ赤な嘘《うそ》だった」

ミナ＝メイザースはそう囁《ささや》いた。たとえ何を見つけても、変わらずに。

「同じアンナという名前は持っているものの、逆立ちしたってキングスフォードには勝てない半端《はんぱ》な魔術師でしかなかった。ですが自分なりに思い悩み、持てる手段の全てを使って『薔薇《ローゼン》十字《クロイツ》』という魔術結社の保持と発展に心血を注いできたのは事実。それはやがて、遠く離れたイギリスで『黄金』という世界最大の魔術結社を生み出すに至った。……おそらくキングスフォードもシュプレンゲル嬢を認めていたでしょうね。そのきっかけが何であれ、すでに自分にはできない事を成し遂げた一人の立派な魔術師であると」

アンナ＝キングスフォードは本物。

アンナ＝シュプレンゲルもまた本物。

前提を整理して。

黒猫の魔女ミナ＝メイザースは口の中でこう呟《つぶや》いた。

「……では、『伝説』を持つ二人が信じ奉じてきたクリスチャン＝ローゼンクロイツとはつまり何なのでしょう」

第四章　中心点にて　Duel_and_Struggle,CRC.

1

病院、一階通路。

アンナ＝シュプレンゲルが眠るＩＣＵまでの一本道。

「くくっ……」

赤衣に銀の青年、クリスチャン＝ローゼンクロイツは肩を揺らして嗤《わら》う。

ドバドバと肩口から血を噴き出す上条当麻《かみじょうとうま》を見て、その愚かさを嘲っていた。

「追い詰められてどんな切り札を出すかと思えば、硝子《ガラス》の器を砕いただけか。その者は普段は棺《ひつぎ》の中で眠りに就くが、この世を蝕《むしば》む病巣《びょうそう》を見つければ自然と目を覚まし、そして不要になれば再び自ら棺《ひつぎ》へ戻る。世界を治す秘薬を取り出したのは良《い》いが、実際どこまで保《も》つ？　その出血量ではせいぜい一〇分といったとこr
聞いていなかった。

たった一歩で全ての距離を詰めた。上条当麻《かみじようとうま》はCRCに向け、右肩から飛び出した半透明のドラゴンをそっと差し向けた。

感覚的には拳で殴るでも、大顎で噛《か》み千切《ちぎ》るでもない。

おそらくは、デコピンのような些細《ささい》な一撃。

ドゴアッッッ!!!!!! と圧縮された音の塊が一瞬遅れて炸裂《さくれつ》した。

たったそれだけで、ローゼンクロイツは病院の廊下を数十メートルも吹っ飛ばされた。

「おっ、オオ」

ありえない結果が、起きた。

御坂美琴《みさかみこと》にも、第五位の少女にも、学園都市《がくえんとし》の次世代兵器にも、『橋架結社《はしかけけつしや》』の『超絶者《ちようぜつしや》』にも、魔道書図書館《まどうしよとしよかん》にも、『魔神《まじん》』にも、あるいはアレイスターやキングスフォードといった伝説級の魔術師であっても。

誰一人として達成できなかった、初めてのクリーンヒット。

あまりにもあっさりとそれは起きた。

「おお

おおおおおおおおおおおおおおおおおおおおおおおおおおおアアアア!!⁉??」

連続するバウンド、物体の破壊、筋肉や骨格の悲鳴、そして濁った吐血の音。

しかしCRCが震えている理由はそこではない。

彼は己の左手に目をやっていた。

尻餅をついたまま思わず床に押し当てた自分の左手を見て、銀の青年は震えていた。

「……この老骨が、床に手をつかされた、じゃと？」

一度もなかった。

これまでたったの一回もありえなかった。

常に戦場に君臨し、衛星からの重金属空爆だろうが『フラフープ』を使った大規模粒子加速砲だろうが何を浴びてもその歩み、学園都市《がくえんとし》を横断する進軍を誰にも止められなかったCRC。

それを思えば、こんな些末《さまつ》な結果を生み出すのにどれだけ莫大《ばくだい》な力が必要か分かるはずだ。

人間としての限界など軽く超えていた。

少年が、自らの選択で一線を踏み越えた。

無抵抗で死を待つばかりだった最大の悪女を、それでも絶対に救うと誓って。

「……、」

上条当麻《かみじょうとうま》からは何もなかった。

勝ち誇る声もなく、俯《うつむ》いたままの顔は影が差して表情も読み取れない。

その足元で、少年自身の影に変化があった。

明滅していた。

古ぼけた蛍光灯のように、不自然に。

実際、それは何かと引き換えの力なのだろう。

物理的な体を持っているはずの少年が、形も重さもない幻想へと傾斜していくような。

「…………………………………………………………………………………………」

ただ、そのまま一歩あった。

ずん‼‼‼と。それだけで世界がたわみ、ひずんで、確実に空間が沈んだ。少年がもう少し意識的に強く踏み込んでいれば、空間は自ら内側に向かって重力的な崩壊を起こし、取り返しのつかない大穴が空いていたかもしれない。

言葉なき行動に込められた意図は一つ。

前に踏み込み、再びＣＲＣに向かって近づこうという上条当麻《かみじょうとうま》の意志がそこにあった。

終わらない。

たった一撃くらいでは終わらせない。

ここで確実にＣＲＣを食い破り、咀嚼《そしゃく》して、世界から完全に消し去る。この手を血で汚してでも彼は彼が大切だと思う人々を何があっても必ず助ける。

そういう決意。

「なるほど」

ローゼンクロイツも、ことここにきて御託を並べなかった。

極限まで突き詰めれば数式は美しくシンプルに化ける。

$E=mc^2$のように、ＣＲＣの結論もまた一言だった。

全身からゴキゴキと音を鳴らして、銀の青年もまた自分の足で再び立ち上がる。床から腰を浮かせ、壁に手をついて、そういった無様な行為を全て許容してでも。

「認めるぞ。この老骨は肯定する……。この世界は素直に面白い☆　うふふふふ！　未《いま》だにこの老骨の遊び心やフラストレーションの解消を助けてくれるとなあひひひ⁉」

その眼光が、真《ま》っ直《す》ぐに竜の人を見据える。

己の情念に溺れた聖者が、今、たった一人の少年を己の敵と識別した。

上条当麻《かみじょうとうま》とクリスチャン＝ローゼンクロイツ。

超人と超人の正面衝突が始まる。

2

ゴッ‼ と空気が強く圧搾《あっさく》された。

出し惜しみは不要。

正面から迫る上条《かみじょう》に対し、クリスチャン＝ローゼンクロイツは掌《てのひら》を正面にかざした。

それは全てを破壊する不可視の一撃だ。

明らかに魔術でありながら、たとえ上条《かみじょう》の幻想殺し《イマジンブレイカー》であっても止める事ができず逆に腕をねじ切られかねない凶暴な術式。

空気の圧縮が限界を超え、そこから爆発するような轟音《ごうおん》があった。

しかし上条《かみじょう》からは一言もなかった。

千切れた右腕の存在しないその先にまで指令を出し、透明な竜をわずかに動かす。それだけで前提が覆《くつがえ》された。

竜の大顎が、そのギザギザの牙が、何か黒い塊を齧《かじ》って食い止めていた。

ゴルフボールより大きな塊。

「……飛び、道具？」

傍《そば》で見ていた魔女達の女神アラディアが目を見開き、ともすれば呆然《ぼうぜん》とした調子で呟《つぶや》いた。

防御不可。

それが極限威力の魔術の正体だった。

こんなものは謎でも奇跡でもない。そもそも飛び道具に致死性を帯びるほどの破壊力を与えたければ、肉眼では見えない速度まで釣り上げるのはむしろ順当で当然なのだ。その不変の法則はたとえ魔術側にロジックがはみ出したとしても同じ事。地続きの手品だ。

上条《かみじょう》はいちいち嘲ったりはしない。人間らしい挙措の一つさえ。ただ右腕の竜を水平に振るい、邪魔な異物を横合いに放り捨てる。

当たり前の感情を出す暇があったら、一秒でも早く獲物を食い千切る。

そういう必殺の意志しかない。

「ひひっ。ようやく瞬殺から遊び《ラリー》に移れるか」

さらなる連射。

同じ攻撃にイラつき、業を煮やしたように上条側《かみじょうがわ》の竜が大きく吼《ほ》えた。

あるいは少年自身には制御できていないのかもしれない。乱雑に振るった大顎はＣＲＣの飛び道具を横に弾《はじ》き、そして全く無関係な病室へと跳弾が吸い込まれていく。

銀の青年はにたりと嗤《わら》う。

狙ってクリスチャン＝ローゼンクロイツがそのように誘導したとも言える。

しかし恐るべき一撃は壁に接触する前にいきなり虚空《こくう》へ消失した。

「ほう？」

CRCは興味深そうに呟《つぶや》いた。

あのローゼンクロイツが興味を抱くに値すると感じたようだった。

「許可なき攻撃は抹殺される？　いいや違う、単純に意志の問題か。強き必殺の意志を込めて放たれた一撃以外の全ては空間に呑《の》まれて消えるといった方が正解かえ。すなわち狙いを外した流れ弾からは速やかにあらゆる意味が消失する、と」

「……、」

「確率論を無視して一律で不幸に見舞われ続ける先方は敵の手によるラッキーパンチを嫌う、対してこの老骨は己の情念や遊び心に反するあらゆる偶然的言動を嫌う。なるほど、両者の意志が衝突した結果目に見えるマクロなレベルで空間が歪《ゆが》んだ訳じゃな」

ただし、とローゼンクロイツは嗤《わら》った。

そのまま掌《てのひら》を水平に上げ、傍《かたわ》らの壁へ気軽に向けた。

「きひひ、いひ、ふはははは!!　これではまだまだ遊べるぞ。この老骨が必殺の意志を込めて赤の他人を巻き込めば、やはり流れ弾は成立してしまうがのう!?」

ゾンッッッ!!　と空間が一〇〇メートル以上一気に断ち割られた。

CRCが壁越しに何の罪もない入院患者を切断した音、ではない。

その一瞬前。

上条当麻《かみじょうとうま》が竜の大顎を正面に突きつけ、凶暴極まりない光のブレスを解き放ったのだ。さらにそのまま真上に大顎を上げ、巨大な直線を振り回す格好で水平に上げたＣＲＣの右腕を根元から切断にかかる。

くるん、と回転した己の右腕になどローゼンクロイツは未練を抱かなかった。

「修繕」

一言。そう呟《つぶや》いた時には周囲の瓦礫《がれき》が寄り集まり、マネキンのようなつるりとした腕となってＣＲＣの出血を止めていた。元に戻す『復活』ではなく、あくまでも新しく創る『修繕』。広い世界を旅して様々な知識を獲得し、蒸留器の中でゼロから人間を創れる秘法を伝えて回った以上、このような行為は造作もない。本物の人間以上にしなやかで美しい腕の可動を確かめる事もなく銀の青年はただ視線を真上に向ける。

裂けていた。

ただし切り裂かれていた、ではない。

まるでプリンやゼリーのように、病院の壁や天井が自分から左右に大きく分かれて上条《かみじょう》の攻撃を回避したのだ。ベッド、医療機器、壁の中の配線まで。全ては硬さを忘れて粘液を二つに裂くように真ん中から広がり、そして再び何事もなくぴたりと合わさって繋《つな》がっていく。

建物それ自体が心を持ち、生きているかのように。

クリスチャン＝ローゼンクロイツはその叡智《えいち》の故に一瞬で看破した。

創るのでも、壊すのでもない。

これは、

「……従えたのかえ。王冠を載せた竜の王の『威圧』でもって、意志持つ生物のみならず無機なる物体に至るまで世界の全てをッ」

表面上に浮かんだ以上の意味を持つ一言だった。単に、油断すればＣＲＣ自身すら操られ従わされてしまう、などといったつまらないリスクの話をしているのではない。

流れ弾、人質、他者の命。

絶大な力を行使するにあたって、その一切を考慮する必要なし。

すなわち。

本当にもう。

バケモノと化した上条当麻を止められるものなどこの世界にはたった一つも存在しない!!

ゴッ!!　と。

飛んだ。竜の大顎からブレスが、ではない。

竜の大顎そのものが右肩から外れてぶっ飛んだ。

「ふははハッ!!」

ＣＲＣは大声を張り上げて体を振り、天井をぶち抜いてでもこれを回避。興味本位で喰《く》らってみるよりも、現実の脅威に対応した。ことここにきてついにローゼンクロイツが魔術に頼るのをやめた。術式を構築するより早く行動を要求されたのだ。

戦場は一つの長い廊下だけに留《とど》まらない。

リハビリ室、休憩スペース、手術室。

そして高層階、どこかの階層のナースステーション前。

似たような構造が続くため、ここが何階か上条《かみじょう》には把握できない。だが廊下の奥に、異形へ踏み外しつつある少年は見知った顔を見つけていた。

青髪《あおがみ》ピアスだった。

彼は何の力もない高校生だ。だけどその背に、絵本を手にしたパジャマ姿の小さな少女を庇《かば》っていた。震える足で、でも立ち尽くすのではなく自分の意志でもって選択していた。

幼い女の子か、あるいはその年若い母親に萌《も》えてんのかは知らんけど。

善も悪も関係ない。そんなものには縛られない。

口先だけでなく徹底した悪友のその姿勢に半ば幻想側に転げ落ちた少年は束《つか》の間《ま》、いつもの教室で見せるように小さく笑い、しかし決意を新たにする。上条当麻《かみじょうとうま》は視線を無理にでも振り切って強大な敵を見据える。

ＣＲＣ、クリスチャン＝ローゼンクロイツ。

　こんなバケモノに自由を与えて、あっちに向かわせてはならない。

　絶対に。

「がァああ!!!!!!」

「ほっ、きひひはは!!!???」

　正面衝突し。

　上条《かみじょう》は銀の青年を横にぶん回し。

　蹴飛ばしてさらに上のフロアへとぶち上げる。

　当然こんなものでは終わらない。上条当麻《かみじょうとうま》はすでに次の行動に移っている。

　空気が凍った。

　がぢっ、ガチ、と巨大な顎が不規則に開閉し、ギロチンやトラバサミでも出せない不気味な音色を発していたのだ。

「っ」

　病院の外壁に磁力で張りついて何とか上階へ追いかけようとした美琴《みこと》の足が窓の外で縫い止められた。それは恐怖だ。理性に重くのしかかる本能の暴走。

「なにっ、これ。心理学的アプローチの金縛りぃ……?」

第三位の腰にくっついている金髪少女もまた息を詰まらせながら呟《つぶや》いていた。

どんな大振りであっても次の攻撃が確定ヒットに化けるというのなら、牙の音の威圧もまた一つの必殺と呼べる。

しかし銀の青年には通じない。

額に嫌な汗を浮かべながらも、彼はまだ笑っていた。

遊び心やフラストレーションで動く銀の青年は、こんなものでは縛られない。何しろ正体不明の誰かが使う第五位の力すら通じないのだ。CRCはこの状況にあって笑みを作れる精神性を獲得している化け物だった。

そしてそれでも上条《かみじょう》は構わなかった。

ビュッ!! と竜の顎から鞭《むち》のように何かが飛んだ。それはカメレオンのような長い舌だった。搦《から》め捕《と》られる前に足を後ろに下げたCRCだが、そこで気づく。

「ぬ？」

消えていた。

わずかに視線を切ったその一瞬で、上条当麻が消えていた。

だが気配はある。

莫大《ばくだい》な圧が正面から迫る!!

「……変温動物、すなわち周辺の環境に合わせて溶け込む力。しかしこの老骨に通じるとでも思うたかえ？」

ＣＲＣは片腕を振るい、そして躊躇《ちゅうちょ》なく何もない空間を叩《たた》く。

それは鋭い薔薇《ばら》の蔓《つる》が何重にも絡《から》みついた十字架だった。一メートル以上ある塊は全て重たい黄金で作られていた。

関係なかった。不気味な、金属の軋《きし》む音があった。

虚空《こくう》から浮かび上がった上条《かみじょう》と、その竜の大顎。乱杭歯《らんぐいば》と十字架が噛《か》み合《あ》っている。

バギバギという音があった。

「っ」

歪《ゆが》められていく十字架を見て、ＣＲＣは近くにあったストレッチャーを蹴飛ばして閉じつつある大顎へ投じる。持ち運びしやすくするため軽量化が進められているから一見分かりにくいが、重体の患者を万に一つも落とさないよう頑丈なステンレス鋼でできている。ワニが噛《か》みつき、ヒグマが両手で摑《つか》んでも千切れるようなものではない。

しかし勢いは変わらない。

同じ速度で上下の顎は閉じていき、十字架を摑《つか》むローゼンクロイツの手首へ牙の列が迫る。

魔術ではない。

幻想などではない、それでも右腕の大顎は構わずガリゴリと噛《か》み潰《つぶ》して邪魔な瓦礫《がれき》をこの世界から抹消していく。

揺るぎなき現実であっても構わず殺す。

上条当麻《かみじょうとうま》が新たに獲得した、自滅と引き替えの『力』。

迎合の余地なき一撃。

そしておそらくそれは、誰かが誰かを諦める事で得られた悲劇の『力』だ。

「なるほどのう……っ」

緊張と好戦の入り混じった汗を流し、ローゼンクロイツは笑う。

異様な熱の内包する笑みを張りつけて叫ぶ。

「教えておくれ。何故《なぜ》そこまでしてアンナ＝シュプレンゲルを守るのじゃ？　ひひっ、残された時間はあと何分じゃ。自身の確実な破滅を受け入れる事で一体何を見出《みいだ》したのかえ？」

ここだけ、だった。

上条当麻《かみじょうとうま》の口から人語が飛び出した。

むしろそちらの方が異質に思えてしまうような、そんな状況。

「アンナ　、守る……」

それでも確かに少年の言葉だった。

つまりは、

「理由を探　て、いもし　い誰　に言い訳し　　戦って　た方が　間違って　たん　」

化け物となった少年の中に残る、最後の人間性だった。

胸の中でちっぽけな石ころのように転がっている、だけど絶対に失ってはならない何か。

だから、負けない。

ありふれた少年はもう二度と俯《うつむ》いて魔術の暴虐を見過ごしたりはしない。

「面白いが、きひっ、だが甘い！」

ローゼンクロイツは空いた掌《てのひら》を少年の顔に向けた。

鍔迫《つばぜ》り合《あ》いの最中だ。

すでにその正体は飛び道具と看破された。だが今この時に限り、透明な竜は至近からの飛び道具を食い止めるためには動かせない。

ボッ‼　と空気が圧縮される不気味な音があった。

上条当麻《かみじょうとうま》の頭部が丸ごと消失した。

瞬《まばた》きする暇もなかった。

何事もなかったように上条《かみじょう》はさらに一歩踏み込んだ。頭はすでに回復していた。虚空《こくう》から現れてくるくると飛んでいった竜の尾が身代わりとなってひしゃげていた。おそらくは、ダメージを肩代わりする機能を持ったトカゲの尻尾。ただし上条《かみじょう》は説明がなくとも体で理解していた。あれはおそらく一回限りの大技だ。

あんな機能があるならもっと温存しておけば良かったな。

上条《かみじょう》の視線が横にブレる。未練を感じさせる仕草。どこか他人事《ひとごと》に考えているようだった。使ってみるまで効果が判明しない以上、一回限り、という条件は割と致命的に相性が悪い。

そっちに目をやったままだった。

ゴッ!! と、上条当麻《かみじょうとうま》は無造作に竜王の顎を正面のＣＲＣに突き込む。

「ちいっ」

とっさに後ろへ下がるローゼンクロイツ。

ギリギリで嚙《か》みつきの圏外へ逃れるが、上条《かみじょう》の眉はピクリとも動かなかった。

ボドドガッッッ!!!!!! と。

透明な竜の大顎、その表面全体が爆ぜた。刃物にも似た鋭い鱗《うろこ》が一斉に射出されたのだ。それは至近からの散弾さながらに、極至近にいたローゼンクロイツの全身を叩《たた》きに来る。

「おおおおお！」

ＣＲＣが叫んだ直後、白い水蒸気が爆発的に空間を埋めた。

魔術結社『薔薇十字《ローゼンクロイツ》』において、雲とは叡智《えいち》や真実を覆い隠し許可なき者の閲覧を阻止する重要な記号だ。この中にあれば、たとえ○センチであっても一切の攻撃が当たる事はありえない。たとえ隙間なく散弾を放ち空間全体を埋めたとしても、誰にも観測されず存在の確定しない猫を攻撃する事はできないのと同じように。

ゾン!! と。

上条《かみじょう》が右の竜を水平に振るうと分厚い雲は一瞬で引き裂かれ、そして赤が散った。

全く関係なかった。

ブレス。

紫に輝く鋭い刃の正体は、悪竜がその体内に蓄えていた毒液を超高水圧で放ったものか。箱を切り裂き、猫の存在を無理矢理表に出して確定させてでも獲物を殺す。

「きひ」

とっさに回避行動を取りながら、しかし体内を巡る死毒も気にせずCRCは嗤《わら》っていた。

様々な伝説で語られる銀の青年だが、彼の本質は『合成者』だ。水晶の中で息づく人造の命から赤き秘薬まで、ローゼンクロイツは一切の奇跡の起点に合成を用いる。

つまりは、

「……この老骨を前にして、よもや現世に存在しない毒素を広げていただけるとは。あらゆる毒や危害は用法によって薬や回復へと変じる。細胞のガン化を促すはずの放射線がガンの治療に応用できてしまうようにのう。これはお返しに人の叡智《えいち》を開陳して差し上げねば礼儀に反するというものじゃのう!!」

ローゼンクロイツの手元にカードの束があった。

それは扇のように広がり、そこに留《とど》まらず、重力を無視してぐるりと一周回った。

「ROTAの秘文はその回転によってTAROすなわち一〇の球と二二の経路を示す山札へと変じる。さあ目覚めよ七八枚。樹の外から注ぐ光とはすなわちアインソフオウル、アインソフ、アインに迫る正規にして唯一の出入口なり!!」

カードの輪、その中心の空洞から白き凶暴な光が爆発的に溢《あふ》れる。

カミソリより鋭い一条の閃光《せんこう》が空間を焼き切り、上条《かみじょう》の右腕へ直進した。全てを破壊する竜の額がざっくりと裂けた。無秩序に暴れる竜に振り回される格好で、少年の肩の断面からさらにドバドバと血液が噴き出す。

床や壁に、毒々しい赤が飛び散る。

極彩色のアートを眺めてクリスチャン＝ローゼンクロイツは嘲笑《あざわら》う。

「ひひひひひ！　リミットはあと何分じゃ？　眩暈《めまい》はしたか、冷たい汗は止まらぬか、心臓の鼓動に不安を感じはせぬかえ？　結局は何をどうしたところでこの老骨には届かぬ!!　このまま搾り尽くしてやろうぞ、心臓の奥の奥に残った最後の一滴までもなあ!!」

次の瞬間だった。

閃光《せんこう》が乱舞した。それも複数の方向から同時に。

「なっ⁉」

少年から飛び散った血痕がおかしな模様を描いている事にCRCは気づいた。

その意味に気づいてあのローゼンクロイツがぎょっとした途端、魔法陣が不気味に輝いた。

床や壁が赤く泡立つ。白い閃光《せんこう》だけではない。次々と顔を出すのは本来ならランプで制御されるはずの紅蓮《ぐれん》の蛇であり、ロサンゼルスを丸呑《まるの》みした黄色い砂のキトリニタスだった。

取り囲むようにして同時にきた。

右腕はすでに作り物だ。これを犠牲にして死の乱舞から後ろに下がりつつ、CRCはありえない現象に目を見開く。

「科学の能力者でありながら、魔術の領域にまで踏み込んできた……？」

専売特許はもうない。上条《かみじょう》は薔薇《ばら》と十字の伝説に土足で踏み込んできている。

しかし、ありえない。

並の魔術師とは違う。こちらは存在そのものが伝説と化したクリスチャン＝ローゼンクロイツ。たとえ『薔薇十字《ローゼンクロイツ》』に属する達人であっても同じ術式を理解しすぐさま実践に移すなどあってたまるものか。

しかし現実に壁や床に飛び散った赤い血液は蠢《うごめ》き、輝いて、泡立っている。

それぞれがCRCしか知らない秘文や魔法陣を描いていく。まるで同じテーブルに並べた食べ物のように多くの知識を皆で分け合った『聖霊《せいれい》の家《いえ》』においても決して口外せず、故に魔道《まどう》書図書館《しょとしょかん》さえも検索不能であるはずの秘奥《ひおう》の術式だというのに。

上条当麻《かみじょうとうま》はすでに、大きな世界そのものとアクセスして全自動で魔術を行使する怪物にまで進化してしまったのか？

そこまで考えてローゼンクロイツは気づいた。

……ＣＲＣ『しか』知らない？

「なるほどのう。ロールシャッハテストか」

もっと早く気づくべきだったのだ。

能力者である上条側《かみじょうがわ》に、魔術を使った事による副作用が何もない。

「つまり壊れた能力者の中に魔術の叡智《えいち》があったのではない。何とでも読み取れるあやふやな血の汚れを目にしたこの老骨が、自らの中にあった秘文や魔法陣を当てはめる事で知らぬ間に魔術を引きずり出されておったのかえ⁉」

しかし方法はどうあれ、ローゼンクロイツしか知らない魔術がローゼンクロイツに牙《きば》を剝《む》いてしまう事実は変わらない。理屈が分かっていても血だまりを見て心の中でとっさにどんな形を思い描くかの部分は止められないのだ。

もちろん、上条側《かみじょうがわ》もリスクはゼロではない。ローゼンクロイツが血だまりを見て何を連想するのか、それ自体は上条側《かみじょうがわ》から誘導できない。つまり上条自身《かみじょうじしん》も莫大《ばくだい》な魔術の爆風に巻き込まれるリスクを持つ両刃の剣でもあるのだ。

「っ、トリテミウス‼」

叫び、複雑に指を操作するCRC。

途端に銀の青年へ迫りくる魔術の光がその場で凍りつき、動きを止めた。それはウェストコットが偶然拾ったとされる暗号文書を保護していた暗号方式そのものだ。ローゼンクロイツは今、秘文や魔法陣として完成されていた血だまりにランダムな暗号化を施す事で永遠のロックをかけて使用不能に追い込んだのである。さながらランサムウェアのように。

ジリジリとローゼンクロイツは自分のこめかみが炙《あぶ》られていくのが分かる。

先ほどまでとは違う。感情の正体は怒りだ。

銀の青年の中でフェイズが一つ上がった。

「……よもやこの老骨に、情念や遊び心以外の理由で無理矢理に魔術を使わせるとは。まったくつくづくCRCの天敵よのう!!!!!!」

だからどうした。

無視して上条側《かみじょうがわ》が動いた。

右腕の大顎、その根元から何かが生えた。巨大なマントに似ていた。実際にはコウモリに似た禍々《まがまが》しい翼だ。片方しかない翼でたっぷりと空気を蓄え、上条《かみじょう》は躊躇《ちゆうちよ》なく羽ばたかせる。

空気が塊と化し、そして規格外の砲弾となって病院を突き抜けた。

同時にあらゆる窓は白く凍りつき、空気は帯電して、四方八方からの分厚い紫電がローゼンクロイツへ殺到した。大きく膨らんだ入道雲へ肉の体で突っ込めばこんな目に遭うか。

「ただ風を生み出すのではない。気圧を自在に従え、気象操作にまで手を伸ばしたかえ⁉」

それは本来、神の領域にある立派な奇跡の一つだ。

恵みの雨にしても落雷の天罰にしても。

そしてCRCもまた雲を操る魔術師。口元に指を二本当ててその隙間から息を吹き、雲と雲をぶつけ、気象条件を強引にねじ曲げて雷の通り道を変えていく。

上条当麻《かみじょうとうま》がいた。

彼我の距離を一瞬で詰め、すでにローゼンクロイツの懐深《ふところふか》くにまで。

「っ」

銀の青年が床を割って全ての階層をぶち抜き、病院地下まで突き刺さる。

『ただの』打撃なら恐《こわ》くない。

真上から打ち下ろすような一撃だったと遅れて気づく。

いいや、しかし破壊ではない。全ての階層の床は自分からゼリーのように左右へ大きく割れていた。竜を従える上条《かみじょう》が飛び降りるとそれら何重にも連なる大穴もまたひとりでに音もなく塞がっていく。

CRCは分厚い金属のドアへ掌《てのひら》をかざした。

「赤き秘薬はあらゆる死病を克服し寿命そのものさえ操作する！」

ガキガキガキ‼　と硬い音が連続した。ドアや台車、冷蔵庫より大きな検査機器。様々なものがぐしゃぐしゃに集まって巨大な人形を作り出す。無機物であってもお構いなし。液体窒素のボンベが破れたのか、真っ白な霜が分厚く覆っていく。

だが具体的な動きに変わるより早く、上条《かみじょう》もまた動いた。そもそもこれを得るために少年はローゼンクロイツを叩《たた》きのめして場を移動したのだろう。

医療廃棄物焼却炉。

最大で摂氏三五〇〇度に達する特殊な大型電子炉。

「……、」

上条《かみじょう》のすぐ横で、壁が砕ける音があった。

バリボリという音があった。ただし、透明な竜の顎ではなかった。

上条当麻自身の口で咀嚼していた。

そして少年はただ右腕を上げる。正面を向いた竜の大顎が上下に限界まで開かれた。これまでとは違った。莫大《ばくだい》で凶悪な何かが奥の奥で危険な光を湛《たた》えていた。

躊躇《ちゆうちよ》なく解放された。

『電子により全てを焼き尽くす竜の閃光《マグネトロンドラゴンブレス》』。

空気中の塵《ちり》や水分が焼け、恐るべき白の奔流がクリスチャン＝ローゼンクロイツを削り取る。

さらに禁忌が露《あら》わとなり、さらに怪物を追い詰めていく。

光が圧縮され、音が全方位に解放され、それでも巻き込まれる第三者はいない。

一人もいない。

3

少女達からすれば次々と場所が変わる戦場についていくだけでも精一杯だ。磁力を使って病院の外壁へ自在に張りつく御坂美琴《みさかみこと》と、その腰に抱き着く食蜂操祈《しょくほうみさき》は、ただその激闘を眺めている事しかできなかった。それはおそらく屋外、大空を舞うアラディアやボロニイサキュバスといった『超絶者《ちょうぜつしゃ》』も一緒だろう。超人と超人の正面衝突に割って入る事など誰にもできない。下手に横槍《よこやり》を入れればその瞬間に全てが瓦解《がかい》してしまう。静かに沸騰させたお湯を刺激しても突沸を起こすだけだと言わんばかりに。いいや違う。それは何もできない自分を守るための言い訳だ。実際にはそこまで殊勝な考えですらない。

(私がやった……)

美琴《みこと》は奥歯を噛《か》んで、頭の中で思う。

今はない少年の右腕の辺りを青い顔で眺めながら。

(私が決定的な引き金を引いた！)

単純に、触れるのが怖い。

得体の知れないたたりに似た忌避感があるのだ。個人の怨念や憎悪《ぞうお》から来る粘ついた呪いとは違う。もっと神聖で、不可侵で、許可なき者が見たり触れたりしてしまう事に対する禁忌に近い感情で圧倒されるのである。

御坂美琴《みさかみこと》は思わず呟《つぶや》いていた。

「……どうすんのよ、こんなの」

あるいはそれは、警備員《アンチスキル》や風紀委員《ジャッジメント》、超能力者《レベル5》、『超絶者《ちょうぜつしゃ》』などが暴れている時に無能力者《レベル0》の上条当麻《かみじょうとうま》が抱いていた感情と同じだったかもしれない。

逆転していた。

今や完全に戦場を制圧しているのは少年一人だった。

立ち向かえるのは彼しかいなかった。

あらゆる肩書きはここに意味を失う。

それでいて、状況は今も前に進み続けていた。足踏みなどしている場合ではなかったのだ。

上条当麻《かみじょうとうま》には無尽蔵に溢《あふ》れる可能性などない。秘められた力も特別な才能も存在しない。

不安定に明滅する少年の影。これは、あらかじめ決められた自滅を前提とする力。

つまりどこかにタイムリミットが存在する。

4

上条《かみじょう》とローゼンクロイツが互いに正面衝突し、少年は壁をぶち抜く格好でエレベーターに繋《つな》がる通路を横断する。打ち上げられた。ゴロゴロと転がって上条《かみじょう》は動きを止める。

広い食堂だった。

ざりり、と靴底が嫌な感触を伝えてきた。

目を凝らさないとほとんど見えないが、その正体は黄色い砂だ。

滲《にじ》んでいた。敗北を象徴する色彩が。

清潔である事が何より求められる病院の中だというのに、容赦なく。

「……、」

音もなく起き上がり、ぐらりと、上条当麻《かみじょうとうま》の体が横に揺らいだ。

まるで巨大な顎の重さに耐えかねたように。

千切れた腕の断面からは今もドバドバと血を噴いているのだ。こんな状態が長く続くはずがない。あと数分も放置すれば上条当麻《かみじょうとうま》は出血多量で倒れてそのまま動かなくなってしまう。

少年はＣＲＣを見据える。汗まみれでニタニタ嗤《わら》う、遊び心や向学心で動く男を。

「お」

だから。

この身がどうなっても構わない。最初から自滅は織り込み済みだ。

自分に与えられた時間を使い切ってしまう前に、ここで何としても決着を。

「おお!!!!!!」

大技が来る。

そう判断したＣＲＣは虚空《こくう》から何かを握り込んでいた。

それは赤く光る何かだった。

「薔薇《ばら》の色彩、純粋な赤、ルビーが示すその輝きよ。十字架の対となりあらゆるものを生産する女性の象徴、ここに死と破壊のケダモノを量産せよ!!」

ずん!! という震動があった。

一つではなかった。直径二メートルはある銀色の球体、『プネウマなき外殻』。それが辺り一面を埋め尽くすように現れたのだ。

銀色の巨大な泡が、一斉に開く。中から出てくるものはローゼンクロイツ本人にも分からない。マザーデバイスたる赤き薔薇《ばら》の象徴を握り込んだまま、ＣＲＣはただ笑う。

巫術《ふじゅつ》のようにただ吸い上げ。

機械的に読み解き。

　表の世界へ出力していく。

「石器すなわち世界最古の撲殺、木の枝すなわち世界最古の鞭打《むちう》ち死《し》、ウランすなわち世界最古の放射線中毒死、世界最古の溺死、世界最古の銃殺、世界最古の焼死、最古の私刑最古の首《くび》吊《つ》り最古の斬首串刺し振動死圧殺感電死毒殺轢殺《れきさつ》過労死ミンチ死爆殺生き埋め死!!!!!!」

　ざっくりと、裂けた。

　上条当麻《かみじょうとうま》は歯を食いしばる。

　ドカッッッ!!!!!!　と、構わず紫色の凶悪なブレスを解き放つ。

　相討ち上等。

「がァあああああああああ!?」

　そういう伝説もある。

　例えば北欧神話において、世界を一周ぐるりと囲むほど肥大化した巨大な蛇。最終戦争ラグナロクにおいては神々の序列二位と相討ちに倒れるほどの戦果を上げる竜の一つ。

「ほくおうしんわの、ヨルムンガンド……？　雷神トールですら持ち上げられなかったその重みでもって、自らの傷口を強引に潰して血の流出を阻《はば》んだじゃと」

　上条側《かみじょうがわ》に、そんな話など分かるはずもない。

　そして理解できなくても全く構わなかった。

すでに前例がある。右手から飛び出すこの竜は、死を招くほどの大量出血と引き換えに雷の神と化した少女からあらゆる力を奪ったという事実が。

「っ」

さらに右腕、透明なドラゴン側に少年は侵蝕《しんしょく》されていく。

足元の影が不安定に明滅を繰り返す。いつ完全に消えてしまってもおかしくない感じで。

だけど構わない、という鉄の意志が少年の中心に見て取れた。

アンナ＝シュプレンゲルに、彼女を助けるために手を貸してくれる皆。そういったかけがえのない人達を守れるなら、今日ここで人間としての枠を超えても良い、と。

故に、顔を上げた上条当麻《かみじょうとうま》の眼光には寸分の揺らぎもなかった。

「～～っっっ」

ぶわっ、とローゼンクロイツの目尻に涙が浮かんだ。

恐怖に屈したのではない。

ＣＲＣは窮地に立った己を客観的に観察し、映画のように感動したのだ。

「ふはっ」

そして安易で無責任に感極《かんきわ》まった時こそ。

己の情念で塗り潰された悪しき聖者は最大の力を発揮する。

「あはははははははははは!!　すごい、すごい☆　この老骨が本当に追い詰められるじゃと？

死がそこまで迫っておるとはのう……。ひひっ。ここからじゃ。こんな所から大逆転して奇跡の生還を成し遂げたらこの老骨すっごく涙で溺れてしまうううううううううううううううううううううう!!!!!!」

それは、起爆剤だ。

どれだけいびつに歪《ゆが》んでドロドロに腐っていようが、最強の存在として天敵と相打ちする誘惑に対抗できる、もう一つの遊び心。

そして徹底して生還に舵《かじ》を切ると決めてしまえば。

選択肢など一択に決まっていた。

つまりは、

「逃げる!!!!!!」

い、い、

躊躇《ちゅうちょ》なく、であった。

その体でまだ無事だった窓を叩《たた》き割《わ》って外に飛び出す。

上条当麻《かみじょうとうま》にどれだけの『力』があろうが、元から片腕を切断して大量の血を失っている真っ最中なのだ。わざわざ正面衝突するまでもなく、遠く遠くへ距離を離すだけで上条《かみじょう》は何もできずにタイムリミットを溶かしてぶっ倒れる。

放っておいても勝手に死ぬし、応急手当てなどで再起されるのを嫌うなら、ＣＲＣの手で改めて少年の首を斬り落とし心臓を抉《えぐ》り取《と》ってしまえば良い。

これまでのローゼンクロイツだったら絶対に許さなかっただろう。彼の思考でも誇りでもなく、ただただ遊び心やフラストレーションが方針を変える事を認めなかったはずだ。

しかしすでに目的は変わっている。

プライドは楽しみの一つに過ぎない。『勝つ事』ではなく『生き残る事』へ目的が変じ、そこで得られるであろう快楽に身を焦がす以上、逃走という選択肢こそまず掴《つか》み取《と》るべき。

「ひはは!!　時間の壁に押し潰され、全てを失った後にまた会おう!!」

叫ぶ。

直後だった。

ボッッッ!!　という爆音があった。

クリスチャン＝ローゼンクロイツの体が虚空《こくう》から病院内へと押し戻された。

それは得体の知れない結界でも、誰も見た事がない究極の攻撃術式でもなかった。

たった四五センチの合成樹脂だった。

二等辺三角形の無人機が窓のすぐ外を舞っていた。『スネークヘッド』。一機ではなく、ムクドリやコウモリの群れのように、大量に。蠢《うごめ》く機影の群れはまるで空中を舞う黒い大蛇だ。

決してエリート機ではない。できる事は標的を見つけて固体燃料に火《ひ》を点《つ》け、超高速で標的に体当たりして内蔵爆薬を起爆させるくらい。

だが確かにローゼンクロイツの逃亡を食い止めた。

ありふれた量産品の兵器であったとしても、ＣＲＣだって人間だ。何も対処をしなければ肉体を粉砕されて命を失う。たとえ決定打にはならなくてもローゼンクロイツ側に対処を促せば、その分手札を封じる事はできる。

小型のスピーカーから声があった。

『……ったく、勝手にこの街の命運を背負ってンじゃねェよ、化け物野郎が』

追い着くとか、同じフィールドに立てるとか、そんな次元の話はしていない。

使い捨ての雑魚《ざこ》の群れでも十分。

『オマエはただの人間で、この統括理事長が守るべき学園都市《がくえんとし》の住人の一人だぜ？　そいつを忘れてンじゃあねェ!!』

次々と点火した。

一発一発は肩《かた》で担《かつ》ぐ対戦車ロケット程度の破壊力しかないし、ＣＲＣにまともなダメージなど通らない。だが自力での撃破など最初から求めていない。第一位としてのプライドなど捨てろ。役に立たない攻撃でも的確に足止めし、その間に上条当麻《かみじょうとうま》の一撃がローゼンクロイツへ確定で届く環境さえ整えてしまえばすでに十分勝ちだ。

5

それはきっかけだった。

ここで動けなければ、おそらくはもう二度と動くチャンスを得られない。

唇《くちびる》を噛《か》み、何かを自分で決めて、そしてテレビのリモコンを向けたのは食蜂操祈《しょくほうみさき》だった。

「恋する女を、その力を、甘く見るんじゃないわよぉ……」

追い着かなくても良い。

それでも今ある戦場に喰《く》らいつくと、彼女が自分で決めた。

「……『意識保持《カテゴリ909》』。いくらでも支えてアゲル☆　だから、つまらない失血力くらいであっさり心を手放したら許さないからねぇ!!」

左右へ不規則に揺らぐ上条当麻《かみじょうとうま》の体が、束《つか》の間《ま》、芯を通したように直立した。

あの少年に右手がある状態では大した効果はなかったかもしれない。だけど今なら違う。

ボロニイサキュバスがそこに加わった。

「おっと先を越されたずら。ならぼっけえ『コールドミストレス』で重ねがけぞ、死や諦めの快楽はそのまま極限の激痛に変じるようにしてあるから気を抜くんじゃないたい坊や!!」

「こいつやっぱり私の専売特許を」

「何の話か分からんばい♪」

明確に場が傾いた。

クリスチャン＝ローゼンクロイツに向けて一気に傾斜していったのだ。

ヤツを倒す事は誰にもできないかもしれない。そんな大役は背負えない。でも卑劣な逃走を防ぐくらいなら。それがあの少年が己の寿命を削ってでも求めた決着へと繋《つな》がるのであれば。

できる事は、まだある。

それが居合わせた皆の心を一気に点火していった。

彼の心をこんな所で折らせてたまるか、と。全ての力がここに結集する!!

「チッ!!」

このアリジゴクのような状況にローゼンクロイツは舌打ちする。

足掻《あが》きを止めて中心点まで流されれば、待っているのは唯一無二たる致死の大顎。

「あらあらＣＲＣ」

こんなものにすがった己を恥じつつも、魔女達の女神アラディアは床を滑るようにして舞い続ける。裸足《はだし》の足によって膏薬《こうやく》を練り、『三倍率の装填《リロードスリータイムス》』の準備を進めながら、だ。

「退屈を嫌って暇潰しに『超絶者《ちょうぜつしゃ》』の全滅を企図した割には怒りが収まらないようね。貴方《あなた》の前に展開されているのは、まさしく退屈でもなければつまらなくもない、生死勝敗その全部が入り乱れる、強烈な刺激に溢《あふ》れた色鮮やかな世界だというのに」

「っ⁉」

「……結局は、自分が圧倒的に勝っている時にしか吼《ほ》える事ができない種類の聖者なのでしょう。そんな人間に少年の深層は理解できません」

『旧《ふる》き善《よ》きマリア』は静かに囁《ささや》いた。

ほとんど反則に近い『復活』の術式を専門的に扱うが故に、逆に言えばこれまで多くの人が迎える様々な死の瞬間を眺めてきたであろう『超絶者《ちょうぜつしゃ》』が。

「元来の彼は決して強くはありません。実際にこれまで何度も命を落としてきました。だけどその一回一回は常に全力で生きた結果であり、一度として生きるのに手を抜いた事などなかった。勝つために挑み続け、負けてなお己の骨を拾いながら前に進み続けたのです。自らの強さに飽いて、しかし今ある地位に醜くすがるだけのあなたとは全く違う人間なのです」

小さな金属音があった。

御坂美琴《みさかみこと》がゲームセンターのコインを軽く真上に弾《はじ》いたのだ。

コインを再び親指の爪に乗せると、明確に照準する。

吼《ほ》える。

「超電磁砲《レールガン》、ぶっ飛ばすわよ。全員射線から退避い!!!!!!」

ゴッ!! と空気が圧縮された。

普段のCRCであれば歯牙《しが》にもかけなかっただろう。だが今この瞬間だけは、銀の青年は明確に顔をしかめた。苛立《いらだ》っていた。つまりは有効であった。

稼いだ時間なんて、全部合わせても一分間もなかっただろう。

だけどそれだけあれば十分だった。無言のまま、上条当麻《かみじょうとうま》が改めて正面から迫る。

巨大な竜の顎を半ば引きずるようにして。

そして。

6

ICU、集中治療室だった。

小さなアンナ＝シュプレンゲルは今もベッドに寝かされていて、硬質で冷たい機械に取り囲まれていた。一見して安らかな表情は、しかし医療の専門家が見れば逆に不安で胸を潰されていただろう。麻酔に類する薬品は投与していない。にも拘《かかわ》らずこれほどの激痛に対して反応がないのは、決して歓迎できる容態ではない。

複数の透明なチューブの中に赤が走っていた。

通常よりも数が多い。

カエル顔の医者は珍しく緊張した声で尋ねた。

「人工透析の方は？」

「作業自体は順調です」

アンナの毛髪には不自然な傷みがあった。髪そのものに血は通っていないが、酸素や栄養を受け取って潤いを保っているはずなのだ。

つまり、患者の血の中に何かある。

「透析機材から再び体内へ血液を戻す段階での『加工』も成功。彼女は今だけ血液型が変更されています」

こうしている今も、技師や看護師が慌ただしく動いていた。

元々の血液型とは違う種類の血液を輸血すれば致命的な事態になる。これは事実。しかし一方で、血液を創る骨髄などを移植した結果、血液型が変わる現象も普通に確認されている。

つまり一部ではなく、全部を丸ごと変えてしまえば生存のチャンスはある訳だ。

「……暫定呼称『呪い』。この症例は血液によって個人識別を行って致死の攻撃を実行する」

カエル顔の医者はあくまでも科学サイドの医者だ。

だが自分の知識と照らし合わせても説明できないというくらいで、目の前で苦しんで命を失おうとしている人に『医学書に記載がないんだからそんな痛みはありえない』という言葉をぶつけるような人間ではない。

病に苦しむ全ての人を救う。

まだ医学書に言葉として掲載されていない病であってもお構いなしだ。

「言い換えれば、体を回る血の種類を丸ごと変えてしまえば、『呪い』とやらは攻撃対象を見失って空回りするはずだね？　これで決着がつけば良いんだけど」

『呪い』なんて言えば時代錯誤で大仰だが、ようは個人の顔や名前に反応して症状が発生する花粉症みたいなものを想像すれば良い。

（……『呪い』とやらも、どうやら永遠に空回りは続けられないだろうね？）

細菌が人を害するのは自分が生き残るためで、毒物が人間を害するのは必要不可欠な物質と置き換わって勝手に居座るからだ。つまり、結果を出せなければいつか分解されるか排出されるかして自然消滅するのは向こうも同じ。善も悪もない。これはただの生存競争でしかない。

「この調子なら……」

カエル顔の医者がそう呟《つぶや》いた時だった。

低い震動があった。

そして頭上の照明がチカチカと不規則に明滅した。

完全な停電とはいかないまでも、そもそも不自然極まりない現象だった。重篤な患者の命を預かる関係で複数の電源を常に確保してあるのにこれだ。おそらくは発電施設そのものではなく、壁や天井を走る配線の方で異変が発生している。

何かが変じた。

それは致死の変化だ。

7

くらりと、だった。

上条当麻《かみじょうとうま》の体が前に向かってゆっくりと倒れていく。

誰にも止められなかった。

出血多量。

元々タイムリミットは長くても一〇分間しかなかったのだ。

いくら食蜂操祈《しょくほうみさき》やボロニイサキュバスが内面、精神的に補助を行ったところで、根本的な肉体の限界だけは回避のしようがない。

唯一ローゼンクロイツを倒せるであろう、切り札が折れる。

床に倒れた。

竜も虚空《こくう》へ消えて失われた。

「ふはっ」

笑みは一つ。

もちろん出処《でどころ》はクリスチャン＝ローゼンクロイツ以外にありえない。

「……これで敗北確定じゃ」

足元を見下ろし、銀の青年は呟《つぶや》いた。

静かに。

「最初から答えなどなかった。この老骨に勝つ方法など見つかるはずもなかった。だけどこの結末は自分の選択によって招いた破滅の一つじゃろう。人としての強さを求めておきながら、結局追い詰められれば人間以外の力を安易に掴み取ってしまった。見る者がいれば誰もが思ったじゃろう。……ああ、上条当麻《かみじょうとうま》は今ここで確実に大きく脱線したと。そのブレが、かような結末を招いてしまったのじゃ。脱線とはただの事故、どれだけ派手に見えてもそこから得られる力などありはせぬ。これっぽっちものう」

最後は、邪な暴力が勝った。

そして。

死が吹き荒れた。

ボロニイサキュバスが砲弾のように吹っ飛び、魔女達の女神アラディアが壁にめり込んだ。マイクロ波を使った反射波レーダーを自在に扱う御坂美琴《みさかみこと》すら何が起きたか把握もできないまま宙をスピンして床に叩《たた》きつけられた。食蜂操祈《しよくほうみさき》は自分のこめかみにテレビのリモコンを突きつけたが、眼球運動を強化する前に後頭部に衝撃があった。映画やドラマのようにはいかない。明らかに、目には見えない場所が砕けて割れた。

無人機の群れ『スネークヘッド』をリモートで操る一方通行《アクセラレータ》は見ている事しかできなかった。

リミット超過、敗北の先にある結末を。

「きひ、いひ。ひははははは」

死。

殺害。

そして赤。

「あはははアアア‼‼‼　……ふうっ」

クリスチャン＝ローゼンクロイツが再び景色から浮かび上がった。いいや、あまりの速度で流線形と化していた銀の青年が動きを止めただけだった。

最後に残ったのは『旧《ふる》き善《よ》きマリア』だった。

意図して最後の一人に選んだのか、あるいはただの偶然だったのか。彼女だけは部分的にCRCの攻撃を防げる、というのもある。

「……さあて、ジョーカー。一枚限りの切り札で誰を『復活』させるのかえ？」

「……、」

「無論、この老骨も黙って見過ごしはせぬ。己の命と引き換えにしてでも実行できるのはたった一名が限界じゃろうな。……その上で『旧《ふる》き善《よ》きマリア』よ、まさか自分一人でこの老骨を倒し切れるとは思っておるまい。価値はただ一つ、使い捨ての『復活』だけじゃ。誰に夢を託す？　一体誰ならこの状況をひっくり返せると選択するのじゃ？」

御坂美琴《みさかみこと》か、食蜂操祈《しょくほうみさき》か。

アラディアか、ボロニイサキュバスか。

一人一人は破格の力を持っていて、まともな人間などどこにもいない。必殺のエースにクイーン、他にも多種多様な人材が揃《そろ》っている中、『旧《ふる》き善《よ》きマリア』が手に取るべきはどれか。

「いくらでも考えてよい」

嗤《わら》った。

嘲笑《あざわら》っていた。

最初から答えは決まっていた。

「ひはは‼　しかし正解はどこにもない！　誰を拾ってもこの老骨を倒す事など叶《かな》わない。人の死が絶対であればそこで諦められる事もできたじゃろうに。なまじ『復活』という切り札を持つが故に牢獄《ろうごく》へ囚《とら》われたのじゃ、台所の合成者よ。永遠に思い悩み、あるいは耐え切れずに安易な選択を実行して、そしてこの老骨に引き裂かれるが良《い》い‼　誰に協力して誰に牙《きば》を剝《む》いたのか、自らの選択の果てを見よ。きはははは、ただただ己の選んだ選択肢を恨んで詰められるがよいわ‼‼‼」

対して、だ。

最後に残った『超絶者《ちょうぜつしゃ》』はそっと息を吐く。

そして『旧《ふる》き善《よ》きマリア』は言った。

「誰も」

「？」

「わざわざここで無理して『復活』を使うまでもありません。あなたこそすでに時間を使い切った。一秒前ならまだ何とかなったかもしれない。だけど本質を見失った結果、あなたはまず初めに徹底して命を刈り取るべき相手を放置し続け、そして迂闊にもそのまま最後の分岐を越えてしまった。あなたはもう元の路線には戻れません。どれだけ足掻こうとも絶対に」

首《くび》を傾《かし》げていた。

あのＣＲＣが純粋に疑問を露《あら》わにしていた。

だけど、そのシンプルな事実にこそ銀の青年は戦慄するべきだったのだ。空白だ。頭の中から、とある状況への連想がすっぽ抜けている。しかしあのローゼンクロイツが取りこぼすとしたらそんなもの、一体どれほどの脅威になるのか。

まだ分かっていないCRCに、『旧《ふる》き善《よ》きマリア』はそっとよそを指差した。

答えがあった。

アレイスター＝クロウリー。

この手で倒し、しかしそのまま放置してしまった魔術師が、今一度起き上がっていた。

ズタボロにされ。

生きている方が不思議なくらいの状況で。

あるいは死んだふりをしていればまだしも生き残るチャンスが増えたかもしれないのに。

それでも歯を食いしばって自分の足で立ち上がったのは、この世の誰に触発されての事だったか。ゴールデンレトリバーに寄り添われ、何故《なぜ》『人間』は何度でも挑むのか。

いや、その『人間』は。

いいや、本当の本当は誰に憧れていたのか。

「……いくらでも、失敗して良い」

ひび割れた唇から、言葉が溢《あふ》れた。

全てを託した相手はすでに倒れていた。

結果として彼を信じて集まった者達は九九％が死亡してしまった。

これは敗北だった。

上条当麻《かみじょうとうま》は期待に応えられなかった。

でも、赤と黒で塗り潰されても、『人間』の心は決して折れてはいなかった。

何故《なぜ》ならば。

「何度負けても、倒れても、私は君に失望しない……。絶対にしない。思えば、最初から最後まで余裕で勝てた事態の方が珍しかったくらいだ。だけど必ず君はその手で命を拾い上げてきた。幻想なんかじゃなかった。故に、私は君を信じる。……たかが、敗北くらいで諦めるものか。たとえ何回膝をついたところで、君が再び立ち上がる事を私はすでに知っているから」

「わかぞう……？」

「だからこんな私など貪り尽くせ。大悪魔《だいあくま》コロンゾン！　聖守護天使《せいしゅごてんし》エイワス!!　いずれも私などという器には収まらぬ化け物どもよ。それでも今この瞬間のみ失敗だらけの私の背中を押せ。必要な時間をただ稼ぐ。この誓いに具体的な力を備えるために!!!!!!」

「起き上がると考えるか、何の根拠もなく。自らの血反吐《ちへど》に沈んだ敗者に本当に己の全てを委ねると？　『旧《ふる》き善《よ》きマリア』が動けば、その身を猛攻にさらして犠牲となる代わりに最低でもこの場の一人くらいは『復活』できたかもしれんというのに、それでもなお動かぬと!?」

「……信じるとは、そういう事ではありません」

『旧《ふる》き善《よ》きマリア』が断じた。

真正面から、敵《かな》わぬ相手を言葉で斬った。

「合理的だから信じるのではない、確度が高いから信じるのでもない。人は、真に自分が信じてみたいと期待する者にこそ祈りを捧《ささ》げて信じる生き物なのです。かつてはあなたもその対象だった。もし忘れてしまったのならやはりあなたはその程度。残念ながら、ママ様達『橋架結《はしかけけっ》社《しゃ》』の『超絶者《ちょうぜつしゃ》』が祈りを捧《ささ》げた世を救う主とは全く別の生き物に過ぎなかったという事なのでしょうね」

だから、『旧《ふる》き善《よ》きマリア』も一人の少年を信じる事にしたのだ。

本気で。

今ここで捨て身を覚悟して誰か一人を『復活』させても、そこでおしまい。『旧き善きマリア』本人が死んでしまえば二度と『復活』は使えなくなる。でも我慢して生き残れば、安易な捨て身の選択肢を封じてでもこの死闘を乗り越えられると信じられれば、死んでしまった一人一人に改めて『復活』を使っていき、初めて全員を助けられるチャンスがやってくる。

それが信じるという事だ。

最低でもとか、くらいはとか、そんなものでは決して語れない。

超人的な行動が全てではない。頭の中で強く思うだけで分岐が生まれる事もあるのだ。

合理性や確度なんて話は誰もしていない。どんなに細い細い糸だろうが、『旧《ふる》き善《よ》きマリア』は自分が一番信じたいと思う未来を信じる。信じたくもないものを無理に信じたとして、愚かな妥協の先に温かい世界などないのは分かり切っているから。

「そしてどれだけ荒唐無稽であっても、ママ様達の勝手な期待、信じる心にそれでも応じる事。戦況に関係なくそうあろうと挑み、泥の上を這《は》ってでも何としても成し遂げようとする行為。その果てに摑《つか》み取《と》る一つの結末」

「……、」

「これを人は、奇跡と呼んで尊ぶのです。CRC、かつてはあなたにもできたはずだったのに。今あるこの世界でも、そうなれたかもしれなかったのに。情念やら遊び心やらに振り回されたあなたは最後の分岐を安易に越えて、永劫《えいごう》に引き返せない所にまで進んでしまわれた」

クリスチャン＝ローゼンクロイツの視界の端だった。

何かが屹立《きつりつ》していた。

それは赤と黒で汚れた何かだった。生きていてはいけないはずの誰かだった。

答えは決まっていた。

生きている者も死んでしまった者も、皆が信じた果てがそこにあった。

上条《かみじょう》が。

上条当麻《かみじょうとうま》が。

「ありえない……」

震えていた。

クリスチャン＝ローゼンクロイツは呆然《ぼうぜん》と呟《つぶや》いていた。

「『復活』を使うチャンスなど、なかった。この老骨が見過ごすはずが」

「ええ、ですからママ様は誰にも使ってはいませんよ。彼に対しても」

「ならばこんな答えが許されるはずがない！　普通の人間が片腕を切断し、一〇分間もそのまま放置しておったのじゃぞ。その間に一体何リットルの血が流れたと思っておるのじゃ！　リットル単位じゃぞ⁉　それを、こんな、それを、信じるだの信じないだの、ありえない、そんな話でひっくり返されてたまるものか‼⁉⁇」

「つまらない寝言を吼《ほ》えている場合なのですか、ＣＲＣ？　かつて『橋架結社《はしかけけっしゃ》』の皆が信じた何かの残骸よ」

『旧《ふる》き善《よ》きマリア』が厳かに告げた。

「彼は応えた。あなたなどとは違って信じる力から決して逃げなかった。今まではルールが違います。あなたは越えてはならない分岐を見過ごし、素通りしてしまわれました。かつては祈りの中心にいて皆に信じられてきた『伝説』はもうどこにもありません。今のあなたはただの餌。信じる力を受け止めて未来を開こうとする新しい『伝説』を引き立てる、それだけの役割しかないただの餌へとあなたは自分から転落してしまわれたのですよ、ＣＲＣ」

上条《かみじよう》は存在しない右腕を水平に振るった。

透明な竜が飛び出した。

再び。

それが答えだった。

お互い血まみれでズタボロのまま、上条当麻《かみじようとうま》とアレイスター＝クロウリーが並び立つ。余計な言葉など不要。本来ならば絶対にありえない組み合わせだとしても、今この時、『伝説』の中だけであれば成立する。

合図などなかった。

ただ、アレイスターは何かを噛《か》み締《し》めるような表情を浮かべ。

そして直後に、二人同時に駆けた。

最大の敵、クリスチャン＝ローゼンクロイツ目がけて真《ま》っ直《す》ぐに。

「「おおアッ!!」」

対して。

ＣＲＣはごくりと唾を飲み込みながらも、頭は冷静に答えを導き出していた。

「……科学の天使・風斬氷華《かざきりひょうか》に、人造の悪魔・クリファパズル545」

そしてその背後にいる人物。

新統括理事長・一方通行《アクセラレータ》。

「あの時。街全体の力を結集した粒子加速砲は、この老骨を狙ったものではない」

世界最大クラスの粒子加速器『フラフープ』を使った必殺の砲撃を街の内側に放つのは良《い》い。だがその終端はどうなった？　まさか街の反対側にある『外壁』を貫いて、その先にある新宿《しんじゅく》なり横浜《よこはま》なりをまとめて火の海にした訳ではないだろう。この甘ったれ集団は、そうした犠牲を是とはできないはずだ。ならば一体？

縮小模型を使った検索も非常に有利だが、一点だけ留意しなければならない点がある。

それは自分から検索しようと手を動かさない限りは何も情報は手に入らないという事。

つまりＣＲＣでも取りこぼしはありえる。

特に、思いもよらなかった死角については。

「温存していた人間ではないものが二体。だがこれをそのままぶつけても老骨には勝てぬ。だから、そのために。そうとは知られぬ形で莫大《ばくだい》な力を注《そそ》ぎ込《こ》む事によって、ある種のエネルギーの塊たる天使や悪魔の実力を底上げ、励起しておった……？」

上条当麻《かみじょうとうま》についていた。

おそらく強化してなおそのまま戦ってもＣＲＣには勝てないと判断し、科学の天使と魔術の悪魔は上条《かみじょう》のアシストに徹する事にしたのか。

全てを指揮する一方通行《アクセラレータ》としては、誰が勝つかは問題ではない。ローゼンクロイツという脅威を除いてこの街の平和を勝ち取る事さえ得られれば後はどうでも良《い》いのだ。

合理性でも確度の問題でもない。

人は自分が信じたいと思う者を信じる。

故にここにはいない第一位もまた、躊躇《ちゅうちょ》なく切り札を集中させる選択肢を選べた。

「あの少年の右手が千切れて消失したこの状況を好機とみなし、その体内へ潜らせておったのか。いざ心臓が止まった時に、見えざる手で圧迫してでも再起動させられるようにッ‼」

つまり、向かってくるのは二人だけではない。

もっと多くの者が少年を信じて預けた。命を、未来を、この学園都市《がくえんとし》と世界の行く末を。

「ローゼンクロイツ。お前がどんな無慈悲な現実だろうが」

「ああ、この世界をどれだけ壊したところで」

そして、上条当麻《かみじょうとうま》は逃げない。

預かった全てを背負って、透明な竜に全力を込める。

「もしお前が、俺達には誰も助けられないって言うのなら」

「そうだ。善人も悪人も等しく助かるのはおかしいなんて言うのならば」

着弾は同時だった。

「「まず は、、その、、幻想を、、ぶち殺す、、ッッッ!!!!!!」」

神浄《かみじょう》の討魔《とうま》と『ブライスロードの戦い』の覇者。

人外なる二つの拳が同時に放たれ、そしてクリスチャン＝ローゼンクロイツを第七学区の外まで容赦なくぶっ飛ばした。

8

小さな悪女だった。

うっすらと目を開けた彼女は自分がどこにいるのかも理解できなかった。白い天井と、薬品臭い空気と、それから自分を取り囲む大量の医療機器。口元にある硬くて透明なマスクが鬱陶しい。しかし体を動かす事は憚《はばか》られた。いきなり動くとは思えなかったし、皮膚の奥まで引っ張るような感触を考えると、おそらく何本もの針が血管に刺さり、全身チューブや電気コードがびっしり取りつけられている事だろう。

それでも、生きている。

アンナ＝シュプレンゲルは生きている。

「……ここは？」

こちらを覗《のぞ》き込《こ》んでいるのは、カエルに似た顔の老いた医者だった。

彼の表情は柔らかかった。

この医者もまた、一人の少年の信じる心に最後まで応えた。

『冥土帰し《ヘヴンキャンセラー》』にとっては、全くいつも通りの調子で。

「もう大丈夫。全部終わったよ？」

見る人がいればこう讃《たた》えたかもしれない。

ありふれた、それでいて確かに今ここにある、生きているという。

奇跡、と。

行間 四

「うっ……。お姉様、これマジですか？」

「ええ、信じられないでしょうがマジなのです」

終章　とある真実と全ての崩壊　Black_Humor.

自分自身の呻《うめ》き声《ごえ》だった。

上条当麻《かみじょうとうま》の意識は揺さぶられ、そしてベッドの中で目を覚ました。

病院の話だった。

「……まったく。愚鈍、わらわがあなたを助けてどうするのよ？」

不貞腐《ふてくさ》れたような声があった。

すぐそこに小さな悪女がいた。見舞客用の椅子に腰かけているその人影の肘の内側に何か刺さっていた。チューブから袋に血液を溜めている。自分で自分の腕を切断して大量の血を失った上条《かみじょう》を助けてくれたのは、同じ血液型だった彼女のようだ。

アンナ＝シュプレンゲルだった。

夢じゃない。

アリスの持っている馬鹿げた力にすがった訳でもない。

人間が人間の持てる力を全て注いで、自らの死を覚悟するほどに努力して、ようやく成し遂げた小さな奇跡があった。

　これを見るために、今の今まで食いしばってきたのだ。

「……そっか」

　スタンドに下げた輸血のチューブの行き着く先は、上条《かみじょう》の右腕だった。失われたはずの右腕は当たり前に肩から繋《つな》がっていた。

　未《いま》だに起き上がる事もできないまま、上条《かみじょう》はひどく渇く口を何とか動かした。

「今は……？」

「日付が変わるところかしら」

「みんなは」

「死んだわ」

　冷徹な一言だった。

　ただしそこでは終わらない。

「……『復活』が使える『旧《ふる》き善《よ》きマリア』を最後の最後まで温存していたのは正解だったわね。彼女に捨て身の選択を強いていたら、今頃悲劇の後始末しか残っていなかったはずよ」

　助かった、と呼んでしまって良いのかは謎だけど。

　でもひとまずは、ここで終わりじゃない。

　御坂美琴《みさかみこと》も、魔女達の女神アラディアも、病院での戦闘に関わったみんなは息を吹き返したのだろう。『復活』の正体は死者の肉体を死後ゼロ秒まで戻してから心肺蘇生《しんぱいそせい》を試みる、というものだ。なので色々と制約や失敗のリスクもあるようなのだが、とにかく乗り越えられたのなら何よりだ。大きな病院なら輸血用血液や鉄分配合溶液にも事欠かないだろうし。

「黄色い砂……キトリニタスで沈んだ第一二学区、第二三学区、第一八学区、第七学区も解放されたわ。この点はロサンゼルスと同じだから、愚鈍が心配する必要はないでしょう」

できれば、もう一人加えたかった。

だけど、

「アリスは難しい、いでしょう、ね」

「……、」

「『旧《ふる》き善《よ》きマリア』はレギュラーな『超絶者《ちょうぜつしゃ》』。故にその枠を大きく超えた場所にいたイレギュラーなアリス＝アナザーバイブルには干渉できない。彼女が死んだのなら、その結果もまた絶対だわ。善《よ》し悪《あ》しではなく、ただ序列の関係で普通の『超絶者《ちょうぜつしゃ》』には覆《くつがえ》せない」

そうか、と上条《かみじょう》は肺の中に残っていた息でそれだけ呟《つぶや》いていた。

別れは受け入れるしかない。

アリス＝アナザーバイブルは死んでしまったけど、犠牲をゼロにはできなかったけど。

でも、悲劇はそこで止められた。

クリスチャン＝ローゼンクロイツとの決着はつけられた。

こんなのは生き残った人間側が思い描く勝手な想像に過ぎないんだろうけど、でもきっと、アリスもこの結末を望んでくれるはず。

その時だった。

ぽつりとアンナ＝シュプレンゲルが尋ねてきた。

「……どうして」

「？」

「愚鈍はどうしてわらわを助けたの？」

あのまま死んでいれば、R&Cオカルティクスが台頭してからの災厄は全て解決していたのに。

そんな口振りだった。

対する答えは明白だった。

「真実を特定して犯人当てするために命を懸けてきた訳じゃない」

「わらわはたくさんの人を苦しめてきたわ。その中には愚鈍自身も含まれていた」

「だとしたら、それを許せるのだって巻き込まれた俺達だけだ」

「わらわはただの悪人よ」

「それはアンタを見殺しにする理由になんかならない」

「わらわは自分から『矮小液体《わいしょうえきたい》』を浴びて、死を覚悟していたわ」

「だけど俺がそのまま流すなんて誰も言ってない」

即答だった。

悩む必要なんかなかった。自然と言葉は口から出ていた。あるいは上条《かみじょう》が頭で考えるよりも先に、もっと早く。

正しさなんてそんなものだ。

本当の正解は頭の中でこねくり回す必要なんかない。確認や証明の作業を挟む必要もない。言葉を飾ったり演出を考えたりする必要だって一個もない。

考えて話す人が詰められていくのは当然だった。

ややあって、首を縮めたままアンナ＝シュプレンゲルはこう突きつけてきた。

「……わらわみたいな悪女が死ねば、もっと早く簡単に解決したわ」

「ふざけるなよアンナ＝シュプレンゲル」

即答だった。

ぽすりと柔らかい感触があった。

ベッドの上の上条当麻《かみじょうとうま》。その胸の真ん中に、小さな悪女が額を押しつけた音だった。

嗚咽《おえつ》があった。

それ以上は言葉になっていなかった。

結局、これが答えだった。

科学も魔術も呑《の》み込《こ》む巨大ITを作って、世界を散々引《ひ》っ掻《か》き回《まわ》して、悪行の限りを尽くしてきたアンナ＝シュプレンゲル。だけど、一人の少年に出会うまで彼女には自分の本音を語って聞かせるだけの人間はいたのだろうか？

「……『王』なんていらないよ」

まだぎこちなくしか動かない体を無理に動かして、上条《かみじょう》はアンナの頭を撫《な》でた。

右手で触れても彼女は消えなかった。

今ここに生きている証《あかし》だった。

「この世界には、もっと大きな傘がある。多くの頼れる人が、お前のために命を懸けて戦ってくれるんだ。だから、断言しても良い。アンナ＝シュプレンゲル、もうお前はいもしない『王』なんか捜して世界をさまよう必要なんか一個もないんだ」

そして上条当麻《かみじょうとうま》は同時に自分自身の右手の感触も確かめる。

その存在を、しっかりと。

足元の影が切れかけた蛍光灯みたいに明滅し、己の存在が刻一刻と幻想側に呑《の》まれていくあの時の事は、ぼんやりとしか覚えていない。意識がもうろうとしていてまともに記憶されなかったのか、あるいはあまりにも禁忌に触れ過ぎていて脳が思い出す事を拒んでいるのか。どっちにしても言えるのは一つ。アレは、死へ向かう一本道だ。自分にしても、敵対する他人にし

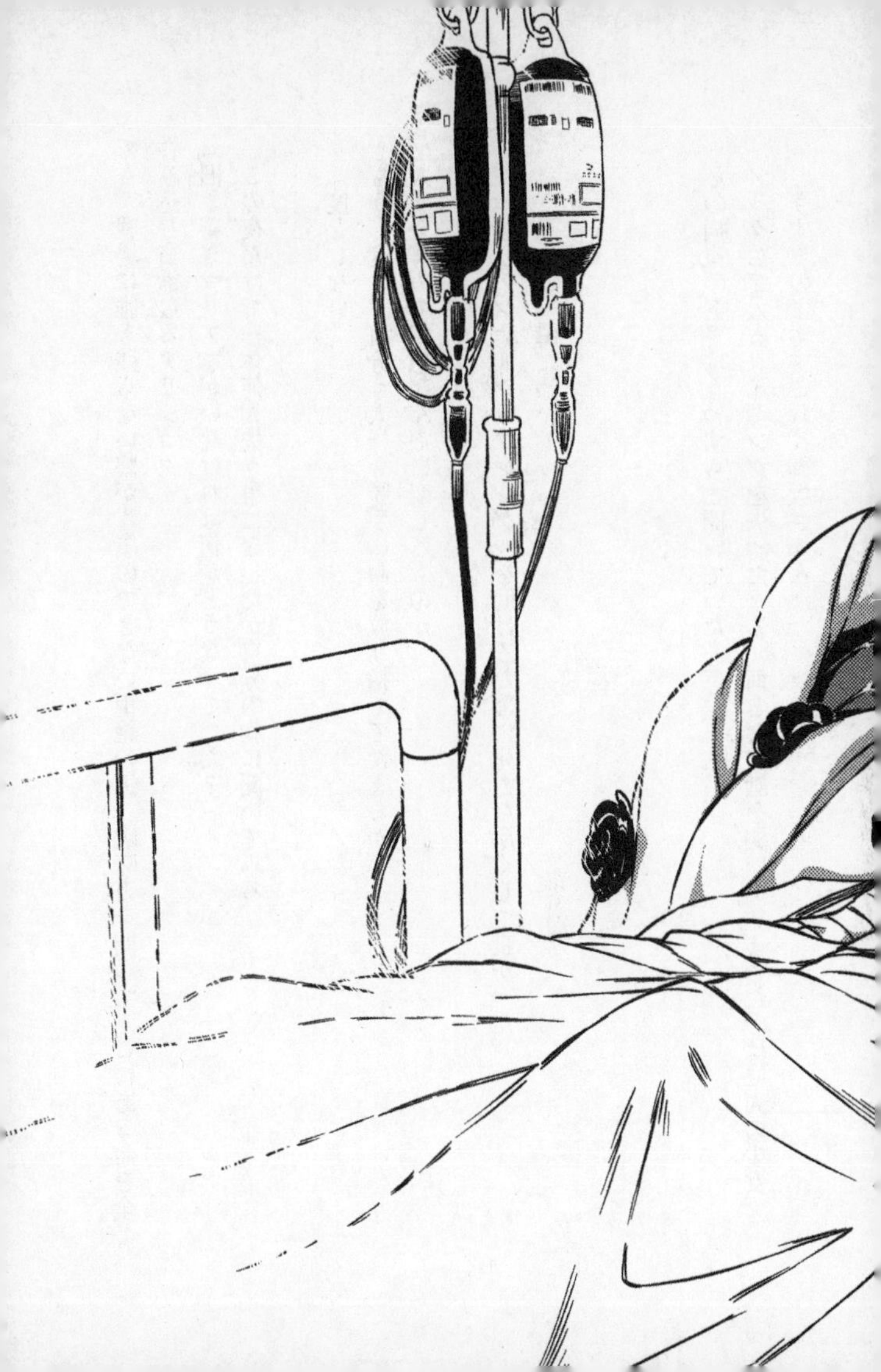

ても。戦場に誰も残らない繋《つな》がる事のできない拒絶の道。敵味方を問わずそこにある命を全て呑《の》み込《こ》む貪欲なるアリジゴク。

『旧《ふる》き善《よ》きマリア』がいなければ何がどうなっていた？

この夜だけで一体何人失う事になったか自分の胸に聞いてみろ。

「……、」

二度としない。

もう二度と、自分も人様も勝手に命を放り捨ててたまるか。

人間を辞めて幻想なんぞに変じるものか。

だけど。

やっぱりアンナ＝シュプレンゲルを助けるために死力を尽くして良かった。

そう思える一瞬だった。

その病室のドアはうっすらと開いていた。

ノックして入るタイミングを失ったまま、何となく話を聞いてしまったのは二人の少女。

「どうするのよぉ、これ。御坂《みさか》さぁん？」

「……私に聞くんじゃないわよ」

クリスチャン＝ローゼンクロイツ。

とんでもない強敵だった。無事に決着がついたのが不思議なくらいの化け物。それ自体はめでたしめでたしだったが、でもアンナ＝シュプレンゲルがこれまでやってきた悪行については全く別の話だ。

彼女は罰を受けるべきだと思う。

それが嘘偽《うそいつわ》りない御坂美琴《みさかみこと》の本音である。

世界に対してとか、そこで暮らす人々のために、とかではない。

そんな大仰じゃない。

もっと単純に、自分の良く知る少年が殺されかけたのは事実なのだから。

だけど、

「当の本人が私達より先に許しちゃうんだもんなあ」

「これ以上はどう考えたって蛇さんに足を描く羽目になっちゃうわよねぇ？」

そしてもう一つの動きがあった。

日付は変わって一月六日、午前〇時だった。

「こっちかな……？」

その肩に小さな『魔神《まじん》』を載せたままだった。

真っ白な修道服を着たシスターは、第一二学区に向かっていた。

最初は違った。

戦闘の混乱で散り散りになったタイミングを使って、インデックスとオティヌスはわざと戦線を離れていた。クリスチャン＝ローゼンクロイツ。魔道書図書館《まどうしょとしょかん》の知識の山を使ってでも解析する事のできなかった極大の魔術師。であるからこそ、逆にじっくり観察して弱点を暴《あば》く必要を強く感じたからだ。

そもそもインデックスはそういう方向に特化した人員でもある。

……実際にはローゼンクロイツの術式を暴《あば》く前に、割と力業で上条達《かみじょうたち》が決着をつけてしまったのだが、ここで偶然の力が働いた。

病院の壁を破って流星のように吹き飛ばされていったCRCの『その後』を観測する事に成功したのだ。

肩のオティヌスが急《せ》かした。

「急げよ。あれからすでに数時間は経過している。仮にローゼンクロイツがまだ動ける状態であれば、退却を選んでいる可能性もある。あんなのに体力を回復され、再戦を挑まれたら元も子もなくなる」

「分かってる」

インデックスは前を見たまま短く呟《つぶや》いた。

上条《かみじょう》の前では見せないような顔つきで。

「……あれはどう考えたって、勝った方が間違っているような状態だった。とうま達にあんなのを二度も強いたら絶対に生き残る目はなくなっちゃうもん」

そして見つけた。

明白だった。アスファルトが砕け、大きく盛り上がり、ズタズタに引き裂かれた場所がある。全ての中心で何かもぞもぞと蠢《うごめ》いていた。

「ひ」

クリスチャン＝ローゼンクロイツ。

まだ生きていた。

「ひは……。終わっておらぬ。この老骨、情念は未《いま》だ消えず……。故に立ち止まる理由なし。そして見つけたぞ。この老骨の向学心を阻害するのは、肉の体を生み出した『橋架結社《はしかけけっしゃ》』の『超絶者《ちょうぜつしゃ》』にあらず……。たった一人。歴史に記述なきくだらぬ命だけじゃああ!!!!!!」

「私がやる」

一五センチの神が互いの身長差など構わず、冷徹に告げた。

「……元より戦争の神、他者の命を奪う事には慣れている。魔道書図書館《まどうしよとしょかん》、貴様の手は血で汚さずに取っておけ。それがあの『理解者』にとって一番だろうからな」

ぐるりとCRCの首がこちらを向いた。

情念でしか世界を見渡す事のできない醜悪な青年には、どんな色が見えていたのか。

「邪魔をするか」

「?」

「この肉がどれほど裂けようとも、この骨が何本折れようとも、それでも命を二つ刈り取るくらいは造作もない。いただこうか、手土産を。そもそも何を選ぶ選択肢もありはせぬがなぁ……ッ!!」

「いや、そうではない、いや、いや、そうではなく……」

オティヌスは何故《なぜ》か目の前のCRCではなく、どこかよそに視線を投げていた。

クリスチャン＝ローゼンクロイツは最後までその意味が分からなかった。

一五センチの神がその先の会話をあっさりと諦めてしまったからだ。

「まあ良いか。お前を助けても何にもならんし」

ぞぶり‼　という粘ついた音があった。

やはり、理解できなかった。

インデックスの頭にある一〇万三〇〇一冊以上の知識を総動員してでも、目の前で起きた事象を説明できなかったのだ。

ＣＲＣの首の横だった。

ごっそりと抉《えぐ》れていた。

「えっ、あ？」

驚きの声が不気味に濁っていた。

インデックスにも理解できないのなら、ＣＲＣだって自分の身に何が起きたか把握はできなかっただろう。

正解は、小さな掌だった。

子供の手が虚空《こくう》でゆっくり開閉する。まるで柔らかいパンでも千切るように。

「ごぶあっ⁉　えは、なにが。このろうこつ、いったいなにがあ……ッッッ‼⁉⁇」

今さらのように痛みが追い着いてきたのか、首の傷を手で押さえてクリスチャン＝ローゼンクロイツが血の混じった叫びを放つ。指と指の隙間から赤黒い液体が溢《あふ》れて止まらなかった。

そして口の中からも。どこから血が流れてどこと繋《つな》がってしまったのか。想像するだけでおぞましい話であった。

容赦はなかった。

自分の血で足を滑らせて汚い地面に転がったCRCを、上から覗《のぞ》き込《こ》む影があった。小さかった。元からの背丈の話もあったし、もっとそれ以前に、その影には首から上が存在しなかったからだ。

身に覚えがあった。

たった一人しかいなかった。

アリス＝アヽアヽザヽーバヽイヽブヽルヽ。

首のない、それでいて二本の足で確かに地を踏む小さな亡骸《なきがら》。

傍《かたわ》らには、黒い影があった。

燕尾《えんび》服《ふく》に身を包み刃を仕込んだ杖《つえ》を手にした、青年執事。

彼からは一言もなかった。

何があっても変わらず、一般的に考えて当たり前に主に仕えているH・T・トリスメギストスには、殊更強く何かを語る必要性を感じていないのかもしれない。

この執事だけが、徹底していた。

己の『救済条件』を定めてそこから外にはみ出そうとしない、真の意味での『超絶者《ちょうぜつしゃ》』。

「……何故《なぜ》？」

追い着いたはずの痛みが、ＣＲＣの中で再び消え去った。

それより強烈な疑問が脳の全てを痺《しび》れさせた。

あるいは、ありふれた恐怖さえも。

「確かに、老骨はその肉を利用した。アンナ＝キングスフォードに奇襲を仕掛けるために、一度は死した肉を起き上がらせたじゃろう！　でもこんな事がありえるか⁉　何でっ、今さら、何で再び起き上がる‼　あんな術式ではいつまでも保《も》たん。とっくに死後硬直も解けて腐敗が始まっておらねばおかしいじゃろうがあ‼⁉⁇」

「よせ」

呟《つぶや》いたのは、アリスに対してもローゼンクロイツに対してでもなかったはずだ。

オティヌスは思わず駆け寄ろうとしたインデックスを止めたのだ。

アレはもう終わった。

あんな災厄にみすみす巻き込まれるな、と。

「そして前提が全て間違っている。アリス＝アナザーバイブルを完全に殺した？　だから、い、いした。そもそも、アリスが本当に同じ人間かどうかもはっきりしていない。どこぞのタロットの束や、特殊な右手が誰かと決別でもした結果かもしれんというのに。……死体の首を木から吊《つ》るすなり胴を串刺しにして天高く掲げるなり、死んだ後も肉の体が決して動けない結末を徹底するべきだったんだ」

「……、」

「より下位の『超絶者《ちょうぜつしゃ》』に『復活』を使う『旧《ふる》き善《よ》きマリア』がいるんだぞ？　より上位に位置するイレギュラーなアリス＝アナザーバイブルが、それに類するさらに強大な術式を備えていても何の不思議もないだろう。例えば自分自身が死んでしまったらおしまいの『旧《ふる》き善《よ》きマリア』に対し、アリスは生きていようが死んでいようがお構いなしに地脈だの『天使の力《テレズマ》』だのを扱う魔術でも実行して自分で自分を回復していくとかな」

「……」

……

……

何もできなかった。

死に覆《おお》い被《かぶ》さられ、しかしその場でローゼンクロイツは固まっていた。バキボキ、ぐちゃぐちゃ、べりべりべり。小さな手が動くたび、異様な音と共に次々と自分の体を毟《むし》られながら、それでも。

だから。

首のない死体が蠢《うごめ》くのを彼は止められなかった。

中途《ちゅうと》半端《はんぱ》な位置で断ち切られた声帯が震えていたのだ。

今すぐ止めるべきだった。

「……、は……」

「?」

「かの者は、ずっとずっと恨んでいました」

それはまるで絵本のようだった。

母親が小さな子供に読み聞かせるような、滑らかで優しい口調。

「自分が作ってしまったモノに。真っ赤な嘘《うそ》と笑って済ませるはずだった『伝説』が独り歩きを始めてしまった事に。だから、何としても堰《せ》き止《と》め、否定しようとした。冗談だという事にしてしまいたかった。だけどすでにその時、多くの人が『伝説』を本気で信じていました。だから誰も、彼一人の言う事など信じなかった」

だけど実際の字面《じづら》の並びはどこまでも残酷。

言われたＣＲＣは体を砕かれるのも忘れ、しばし呆然《ぼうぜん》としていた。

気づいていない、のではない。

あまりの出来事で頭の中が空白で埋め尽くされた、が正しい。

「いつしか惨めな彼の言葉は抹殺されるようになりました。そして彼の存在そのものが疎《うと》んじられ忘却されてしまったのです。何故《なぜ》なら、そちらの方が世界の皆にとって都合が良《い》いから。

もはや真っ赤な嘘《うそ》の真実がどうかなんて誰も気にしなかったから。だから、哀れな彼は一層恨みました。自分の言葉を聞かない愚かな者達を。何より自分で作ったキャラクターが永遠の名声を得て、それを生み出した自分自身が消し去られようとしているこの現状を」

何故《なぜ》だ。

何故《なぜ》それを知っている⁉

(こいつ……この老骨の肉を潰して破壊し、そこから何を読み取ったのじゃ……? まるで、陶芸家が砕いた失敗作の断面から火の通り方を詳細に調べるように……ッ⁉)

「だから、彼は自分で作ったキャラクターを貶《おとし》めようとして」

「やめろ。おい……」

「だから、彼は自分で作ったキャラクターに成りすました」

「その口を閉じるのじゃ。今すぐに‼」

止まらなかった。

刃物よりも鋭い何かが、クリスチャン=ローゼンクロイツの胸に突き刺さった。

いいや、

「ヨハン、、ヴァ、レ、ンティ、ン、=ア、ン、ドレ、ーエ。全く架空のものでしかなかった薔薇《ばら》十字《じゅうじ》伝説《でんせつ》の捏造作者《ねつぞうさくしゃ》にして、嘘《うそ》から出た真《まこと》に押し潰された愚かで凡庸な一人よ。ああ、なんという事でしょう。自らを貶《おとし》めた道化は仮面を剝ぎ取られ、ここに全ては終わったのです」

いかにも有害そうな、薬品や酸に似た得体の知れない煙だった。

煙があった。

絶叫。

そして煙が晴れた時、そこに残っていたのは銀の青年ではなかった。

皺《しわ》だらけでみすぼらしい、ありとあらゆるカリスマ性を失った骨と皮だけの老人だった。

これが正体。

自分で創った架空のキャラクターを憎むあまり、そのキャラクターに成りすまして露悪的な言動を繰り返す事で全世界からの幻滅を望んだ作者。その醜い本性が凝縮されてそこにあった。

「創設者であるはずの人物が、この時代まで残る『薔薇十字《ローゼンクロイツ》』の末裔《まつえい》であるアンナ＝シュプレンゲルの命を執拗《しつよう》に狙ったのも、つまりこのためでした。『超絶者《ちょうぜつしゃ》』の全滅を狙ったのだって己の目的、心の弱さを悟られたくなかったから。ヨハンはＣＲＣと、存在しない彼の伝説が築き上げていった全てを破壊したかっただけなのです……」

「ッ、あああ‼」

倒れて転がったまま、しわくちゃの老人はとっさに空いた手の掌《てのひら》をかざした。

明らかに情念や遊び心以外の、恐怖に衝き動かされての行動だった。

ボッッッ!! と空気が圧縮された。

飛び道具に過ぎない、とはすでに上条当麻《かみじょうとうま》に看破されていた。

しかし。

「……うそ、じゃろ?」

呆然《ぼうぜん》とローゼンクロイツは呟《つぶや》いていた。

首のない少女は指先すら動かさなかった。相手にさえしてくれなかったのだ。ただ、クリケットのバットがひとりでに舞って弾丸を押さえ込んでいた。その正体はゴルフボール大の真っ黒な石炭にも似ていたが、その表面には不思議な光沢があった。

つまり真相はこうだ。

「ダイヤモンド」

特殊な右手を持つ上条《かみじょう》を瞬殺したのも。

『旧《ふる》き善《よ》きマリア』を傷つけたのも。

病院でアレイスターを薙《な》ぎ払《はら》ったのも。

「結局は過去の『伝説』にすがった結果に過ぎませんでした。あなたの魔術はサンジェルマンの焼き増しに過ぎなかったのです。とある右手で打ち消す事ができなかったのは、ダイヤの結晶が常に膨らみ続ける性質を持っていたため、消し切れなかったというだけの事です」

知る人が聞けば、『魔女狩りの王《イノケンティウス》』という術式を思い浮かべたかもしれない。そう、幻想殺し《イマジンブレイカー》を純粋な魔術だけで押し切る事は必ずしも不可能とまでは言えないのだ。警備員《アンチスキル》の指を無理に動かして『指折り』をしたのも、炭素を操る術式からの応用。CRCに未知なんかなかった。結局は『薔薇十字《ローゼンクロイツ》』系のサンジェルマン、で全部説明がついてしまう。

「……思えば、だ。『理解者』から最初に聞いた話にも違和感はあったんだ」

インデックスの肩で、一五センチのオティヌスが吐き捨てた。

最初に上条当麻《かみじょうとうま》とローゼンクロイツが衝突した時、あの少年はあっさり惨敗《ざんぱい》した。だけど、どうしてCRCは『矮小液体《わいしょうえきたい》』を手始めに砕いた？　あれは役作りを重ねたパフォーマー集団である『超絶者《ちょうぜつしゃ》』にしか効果のない霊装《れいそう》であって、再誕したクリスチャン＝ローゼンクロイツが脅《おび》える必要なんかなかったはずなのに。

つ、ま、り。

『矮小液体』を恐れたローゼンクロイツ本人も、そういう役の偽者でしかなかったのでは。

一〇万三〇〇〇冊以上の知識を持つインデックスでもクリスチャン＝ローゼンクロイツの行動や思考が読めなかったのも頷《うなず》ける話だ。

そもそも相手はCRCじゃなかった。

つまり魔道書図書館《まどうしょとしょかん》の持っている知識に問題や抜け落ちがあったのではない。それ以前の話として、探す本棚そのものを間違えていたのでは正しい対処法なんて見つかるはずもない。

「……ひどい、話だ」

呆然《ぼうぜん》と呟《つぶや》いたのはオティヌスだった。

魔術などつまらないまやかしに過ぎない、とCRCは常々言っていた。

そして世界最大の魔術結社『黄金』の内部でも、魔術とは物理世界に働きかけるのではなく究極的には自己の心を豊かにするために存在する、と語る一派もあった。

だから。

己を詐称し、いもしないキャラクターを貶《おとし》める事で。彼は自分の心を少しでも豊かにしようとしていたのだろうか？　自分に対するアンチ行為。おそらく世界で最も不毛を極めた悪意を通じて。

「『不思議の国のアリス』のラストはいわゆる夢オチだ。クライマックスの裁判の結果を待たずにアリスが目を覚ますところで唐突に終わりを告げる。多くの幻想に飾られた世界的知名度のナンセンス文学でありながら、しかし同時にこの上なく決定的で揺るぎない現実を読者に突きつける一冊。アリスにそういう側面があるのは認めるが、それにしたってこいつは……」

あるいは、『超絶者《ちょうぜつしゃ》』とやらが揃《そろ》いも揃《そろ》ってアリスを恐れていた真の片鱗《へんりん》もまた、この辺りにあるのかもしれない。何を着こなしたところで構わず暴き本性をさらすこの力こそ。

そして、トドメを刺す必要などなかった。

首の横。

いいや、そこに留《とど》まらない。

元から体のあちこちでごっそり肉を抉《えぐ》り取《と》られている。筋肉も、脂肪も、血管も、あるいは骨格まで。伝説のクリスチャン＝ローゼンクロイツならともかくとして、地に足の着いたヨハン＝ヴァレンティン＝アンドレーエには乗り越えられる傷ではない。びゅうびゅうという出血に合わせて顔は青黒く変色していき、ぐるりと白目《しろめ》を剝《む》いて、そして当たり前に老人は冷たい地面に転がった。

二度と、動かなかった。

死だ。

誰の手による『復活』も許さない、そのみすぼらしく救いようのない結果を前に、

「げた」

何か、あった。

首のない少女からだった。元が可憐《かれん》で美しい造形だったからこそ、個体識別可能な『頭部』を失ったその残骸はひたすらおぞましく、異形の美を極め尽くしていた。

すっかり血の抜けたその断面、千切れた声帯が震えている。

笑みだと気づくまで、さしもの軍神でも数秒必要であった。

「げ、た!!!!!!」

会話が成立する状況ではなかった。

アリス＝アナザーバイブルには元からこういう残酷な性質が隠されていたのか。

それとも頭部を破壊された事で、何かの歯車が外れてしまったのか。

とにかく言えるのは一つ。

「終、わ、っ、て、な、い……」

インデックスが呟《つぶや》いた。

紛《まが》い物《もの》のＣＲＣだけではない。そもそもが、魔道書図書館《まどうしょとしょかん》の叡智《えいち》をもってしても本当に解析できなかった魔術師は目の前にいた。

「まだ何も終わってないんだよ」

アリス＝アナザーバイブルとはつまり一体何なのか？
その定義は？
一番初めから存在し、そしていつまでも保留にしてきた難問。
最大の謎がいよいよ本気で牙《きば》を剝《む》く。

あとがき

一冊ずつの方はお久しぶり、全部まとめての人はこれで一体何十冊？　鎌池《かまち》和馬《かずま》です。

色んな勢力や思惑が交差していた創約8とは違って、今回はVSローゼンクロイツ一本勝負でございます！　学園都市《がくえんとし》全体《ぜんたい》を敵に回してこそ逃げ回っていた創約8とは逆に、たった一人の強敵に全員野球で挑みかかる形にしてみました。『魔神《まじん》』と『超絶者《ちょうぜつしゃ》』の違いとは何なのか、そして『超絶者《ちょうぜつしゃ》』の先にいるクリスチャン＝ローゼンクロイツとは？　あるいは新約9と読み比べてみると色々発見があるかもしれませんね。

最初に防衛線を複数設定していたところから多分誰でも予想したとは思いますが、今回は負けて後退しまた挑む物語です。這《は》い上《あ》がって勝つだけではなく、そろそろ美しい負け方についても研究したい……。そんな思いを込めての超人バトルでしたがいかがだったでしょうか。

それにしても上条当麻《かみじょうとうま》、今回は全く折れない。絶対に折れません！　お前一人がいなければ世界は幸せになって全部丸く収まる、と提示した『魔神《まじん》』オティヌスを除けば上条《かみじょう》は徹底的に抵抗する子です。北風と太陽的なアプローチに弱いのかしら？

あと今回は、創約8では散々上条達《かみじょうたち》を怖がらせた学園都市《がくえんとし》の次世代兵器を思う存分こっちが使う番になっています。兵器それ自体には善悪はなく、使う側によって変化するという訳ですね。善悪どっちだろうが向けられる側からすればたまったものではありませんが。他にも上条当麻《かみじょうとうま》がこれまでは絶対にやらなかった『アレ』をついに実行に移したり、ラストの一撃が一人じゃなかったりと、イロイロひっくり返して遊んでいます。右手を捨て去ったからこそできた数々の選択肢。もちろんこれ一回限りの反則でしたが、皆様の琴線に触れたものがあればと願っております。

別のシリーズである『神角技巧《しんかくぎこう》』でもドバドバ愛を注ぎましたが、輸送機を無理矢理改造したガンシップが大好きです（あっちの作中では『爆撃機』と書いていましたが、実際の描写を見ればモチーフはガンシップから放つ帯状の機銃掃射とすぐに分かったはず？）。上空から馬鹿デカい航空機にバリバリドカドカ支援射撃をしてもらいつつ活路を切り開く展開がたまりません。ガンシップ、上からの視点で狙って地上を撃ちまくるゲームはあれこれあるんですが、下からの視点で徹底的に支援していただく鉛弾の雨で甘やかされまくりなバブみ溢《あふ》れる（？）

ゲームはなかなか見当たらないんですよね……。もっと甘えたいのにぃ。あと個人的なお気に入りは対魔術師用のロールシャッハ攻撃でしょうか。力業連発の中にああいう頭脳プレイの隠し味を盛り込むのが好きなんです！

イラストのはいむらさんと伊藤《いとう》タテキさん、担当の三木《みき》さん、阿南《あなん》さん、中島《なかじま》さん、浜村《はまむら》さんには感謝を。あんな超能力者《レベル5》も！　こっちの『超絶者《ちようぜつしや》』も‼　天使に悪魔に聖守護天使《せいしゆごてんし》に大悪魔《だいあくま》に新旧統括理事長にネコミミ師匠と通信教育弟子まで‼‼‼　と主な敵は一人きりにせよ、そもそもバトル自体が総力戦なので新旧色んな人物が入り乱れていてどこを切り取るかで大変だったと思います。今回も色んな無茶にお付き合いいただいてありがとうございました‼

そして読者の皆様にも感謝を。出し惜しみナシ、全力全開竜王モード上条《かみじよう》はいかがでしたでしょうか。本編中でも上条《かみじよう》が言っている通り、誰かと繋《つな》がる可能性を諦め拒絶を決意した事で初めて得られた力。極めて強大ではあるものの、彼がその場で封印を即決したその決断に賛同していただければと願っております。見放されたＣＲＣはどうなった？　だってこんなの上条《かみじよう》っぽくないぜ‼　とにかくここまでお読みいただいてありがとうございます‼

それではこの辺りで本を閉じていただいて。

次回もまた表紙をめくっていただける事を祈りつつ。
今回は、この辺りで筆を置かせていただきます。

一番初めの謎、ちゃんと覚えていました？

鎌池《かまち》和馬《かずま》

胴体は千切れていた。

無残に転がったまま放置されていた。

そして。

「はー」

日付は変わって一月六日、午前○時。濃密な死の気配に包まれた第一二学区の片隅で、ひどく間の抜けた声が響き渡った。

アンナ＝キングスフォードであった。

「よっと。そろそろ此処《ここ》くっつけちゃって、行動再開ト行き〼《ます》か」

千切れていた。

胴体は間違いなく分断されていた。

だがそもそも、アンナ＝キングスフォードは永久遺体に精密機器を組み込んで、自由に手足を動かせる状態にしたモノである。

殺害された？　だから一体何なのだ？

こっちは最初から生きていないというのに。

「やれやれ」

クリスチャン＝ローゼンクロイツは最初の最初からミスをしていた。

多分、だから、自分の手で殺した少女に殺し返される羽目になったのだろう。

「一回殺した程度デあらゆる反撃ヲ封じる事ガ◯《で》きるだなんて、意外ト常識的ナものノ考え方ヲする人だったのでござい〼《ます》わね、CRC。そう名乗っていた誰か。……×《でも》そんな程度では、魔術ノ深奥《しんおう》ハ覗《のぞ》き込《こ》め×《ない》」

この程度で引っかかるという事は、所詮は自称だけのローゼンクロイツだったか。

そもそも生粋の『薔薇十字《ローゼンクロイツ》』団員は自らの名を名乗りたがらないものだというのに。

ここで黙って行方を晦《くら》ましてしまうのが最も穏便な選択肢ではあるだろうが、殺したくらいでは動きを止めない達人はそもそも自身の安全など求めていない。

死をアピールした事で万人の注目から外れたのは、CRCをじっくりと観察して弱点を炙《あぶ》り出《だ》すためだったのだが、その必要はなくなった。

代わりに、真実に触れた修道女と小さな神が窮地に立たされてしまったようだが。

(……まったくもう。〆〼《しめます》わよチビちゃん達。こういう×《し》んだふり作戦ハ、其《それ》なりニ直接火力ヲ持つ人間ガやら×《ない》ト人知れ×《ず》闇討ちされちゃう危険モ◯《ある》んですけれど。推理小説デ言うところノ『余計ナものヲ見ちゃった挙げ句、誰とも重要ナ情報共有し×《ない》まんまたった一人デ犯人ニ直接詰め寄って×《ころ》される第二ノ被害者』枠ト言い〼《ます》か)

元よりこの世界で動き回っている方が不自然な状態なのだ。
たまたま出くわした彼らを助けるために身の一つを挺《てい》したって構わない。
アンナ＝キングスフォードはＣＲＣの対極だった。
彼女の行動基準はたった一つだけ。

「……周囲へ奉仕ヲするためニ」

では反撃だ。
誰だって、いい加減に血の匂いがする悲劇はもう飽きただろう。
これ以上世界が赤と黒へ転落していく流れを嫌う全ての人に向けて宣言する。
この達人が、人の命を守り夢を叶《かな》える魔術とは何たるかを教えてあげよう。

◉鎌池和馬著作リスト

「とある魔術の禁書目録《インデックス》①〜㉒」（電撃文庫）
「とある魔術の禁書目録《インデックス》SS①②」（同）
「新約　とある魔術の禁書目録《インデックス》①〜㉒　㉒リバース」（同）
「創約　とある魔術の禁書目録《インデックス》①〜⑨」（同）
「とある魔術の禁書目録《インデックス》　外典書庫①②」（同）
「とある科学の超電磁砲《レールガン》」（同）
「とある暗部の少女共棲《アイテム》①②」（同）

「ヘヴィーオブジェクト」シリーズ計20冊（同）
「インテリビレッジの座敷童①～⑨」（同）
「簡単なアンケートです」（同）
「簡単なモニターです」（同）
「ヴァルトラウテさんの婚活事情」（同）
「未踏召喚：//ブラッドサイン①～⑩」（同）
「とある魔術のヘヴィーな座敷童が簡単な殺人妃の婚活事情」（同）
「最強をこじらせたレベルカンスト剣聖女ベアトリーチェの弱点①～⑦」（同）
「その名は『ぶーぶー』」（同）
「とある魔術の禁書目録×電脳戦機《バーチャロン》 とある魔術の電脳戦機《バーチャロン》」（同）
「アポカリプス・ウィッチ①～⑤ 飽食時代の【最強】たちへ」（同）
「神角技巧と11人の破壊者 上 破壊の章」（同）
「神角技巧と11人の破壊者 中 創造の章」（同）
「神角技巧と11人の破壊者 下 想いの章」（同）
「使える魔法は一つしかないけれど、これでクール可愛いダークエルフとイチャイチャできるならどう考えても勝ち組だと思う」（同）
「赤点魔女に異世界最強の個別指導を！」（同）
「マギステルス・バッドトリップ」シリーズ計3冊（単行本　電撃の新文芸）

本書に対するご意見、ご感想をお寄せください。

ファンレターあて先
〒102-8177　東京都千代田区富士見2-13-3
電撃文庫編集部
「鎌池和馬先生」係
「はいむらきよたか先生」係

本書は書き下ろしです。

電撃文庫

創約《そうやく》 とある魔術《まじゅつ》の禁書目録《インデックス》⑨

鎌池和馬《かまちかずま》

2023年12月10日　初版発行
2024年10月10日　6版発行

発行者　山下直久
発行　株式会社KADOKAWA
〒102-8177　東京都千代田区富士見 2-13-3
0570-002-301（ナビダイヤル）
装丁者　荻窪裕司（META＋MANIERA）
印刷　株式会社 KADOKAWA
製本　株式会社 KADOKAWA

●お問い合わせ
https://www.kadokawa.co.jp/（「お問い合わせ」へお進みください）
※内容によっては、お答えできない場合があります。
※サポートは日本国内のみとさせていただきます。
※ Japanese text only

※定価はカバーに表示してあります。

ISBN978-4-04-915384-2　C0193　Printed in Japan

電撃文庫　https://dengekibunko.jp/

電撃文庫DIGEST　12月の新刊

発売日2023年12月8日

続・魔法科高校の劣等生
メイジアン・カンパニー⑦
著／佐島 勤　イラスト／石田可奈

シャンバラ探索から帰国した達也達。USNAに眠る大量破壊魔法[天罰業火]を封印するため、再度旅立とうとする達也に対し四葉真夜は出国を許可しない。その裏には、四葉家の裏のスポンサー東道青波の思惑が――。

創約　とある魔術の禁書目録《インデックス》⑨
著／鎌池和馬　イラスト／はいむらきよたか

魔神も超絶者も超能力者も魔術師も。全てを超える存在、CRC（クリスチャン＝ローゼンクロイツ）。その「退屈しのぎ」の恐るべき前進は、誰にも止められない。唯一、上条当麻を除いて――！

ソードアート・オンライン オルタナティブ　ミステリ・ラビリンス 迷宮館の殺人
著／紺野天龍　イラスト／遠田志帆　原作／川原 礫　原作イラスト／abec

かつてログアウト不可となっていたＶＲＭＭＯ《ソードアート・オンライン》の中で人知れず遂行された連続殺人。その記録を偶然知った自称探偵の少女スピカと助手の俺は、事件があったというダンジョンを訪れるが……

七つの魔剣が支配するXIII
著／宇野朴人　イラスト／ミユキルリア

呪者として目覚めたガイが剣花団を一時的に離れることになり、メンバーに動揺が走る。時を同じくして、研究室選びの時期を迎えたオリバーたち。同級生の間での関係性も、徐々にそして確実に変化していて――

ネトゲの嫁は女の子じゃないと思った？　Lv.23
著／聴猫芝居　イラスト／Hisasi

アコとルシアンの幸せな結婚生活が始まると思った？　……残念！　そのためにはLAサービス終了前にやることがあるよね！　――最高のエンディングを、共に歩んできたアレイキャッツみんなで迎えよう！

声優ラジオのウラオモテ
#09 夕陽とやすみは楽しみたい？
著／二月 公　イラスト／さばみぞれ

成績が落ち、しばらく学生生活に専念することになった由美子。みんなで集まる勉強会に、わいわい楽しい文化祭の準備。でも、同時に声優としての自分がどこか遠くに行ってしまうようで――？

レプリカだって、恋をする。3
著／榛名丼　イラスト／raemz

素直が何を考えているか分からなくて、怖い。そんな思いを抱えながら、季節は冬に向かっていく。素直は修学旅行へ。私はアキくんと富士宮へ行くことになって――。それぞれの視点から描かれる、転機の第３巻。

あした、裸足でこい。4
著／岬 鷺宮　イラスト／Hiten

小惑星を見つけ、自分が未来を拓く姿を証明する。それが二斗の失踪を止める方法だと確信する巡。そのために天体観測イベントの試験に臨むが、なぜか真琴もついてくると言い出して……。

新作　僕を振った教え子が、1週間ごとにデレてくるラブコメ
著／田口一　イラスト／ゆがー

僕・若葉野瑛登は高校受験合格の日、塾の後輩・芽吹ひなたに振られたんだ。そんな僕はなぜか今、ひなたの家庭教師になっている――なんで！？　絶対に恋しちゃいけない教え子との、ちょっと不器用なラブコメ開幕！

新作　どうせ、この夏は終わる
著／野宮 有　イラスト／ぴねつ

「そういや、これが最後の夏になるかもしれないんだよな」夢も希望も青春も全て無意味になった世界で、それでも僕らは最後の夏を駆け抜ける。　どうせ終わる世界で繰り広げられる、少年少女のひと夏の物語。

新作　双子探偵ムツキの先廻り
著／ひたき　イラスト／桑島黎音

探偵あるところに事件あり。華麗なる探偵一族『睦月家』の生き残りである双子は、名探偵の祖父から事件を呼び寄せる体質を受け継いでいた！　でもご安心を、先回りで解決しておきました。

新作　いつもは真面目な委員長だけどキミの彼女になれるかな？
著／コイル　イラスト／Nardack

繁華街で助けたギャルの正体は、クラス委員長の吉野さんだった。「優等生って疲れるから、たまに素の自分に戻ってるんだ」　実は明るくてちょっと子供っぽい。互いにだけ素顔を見せあえる、秘密の友達関係が始まる！

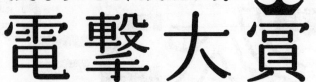